上流兒童

吳曉樂

假如一個人只是希望幸福，這很容易達到，
然而我們總是希望比別人幸福，這就是困難所在，
因為我們總把別人想得過於幸福。

——孟德斯鳩

第一部

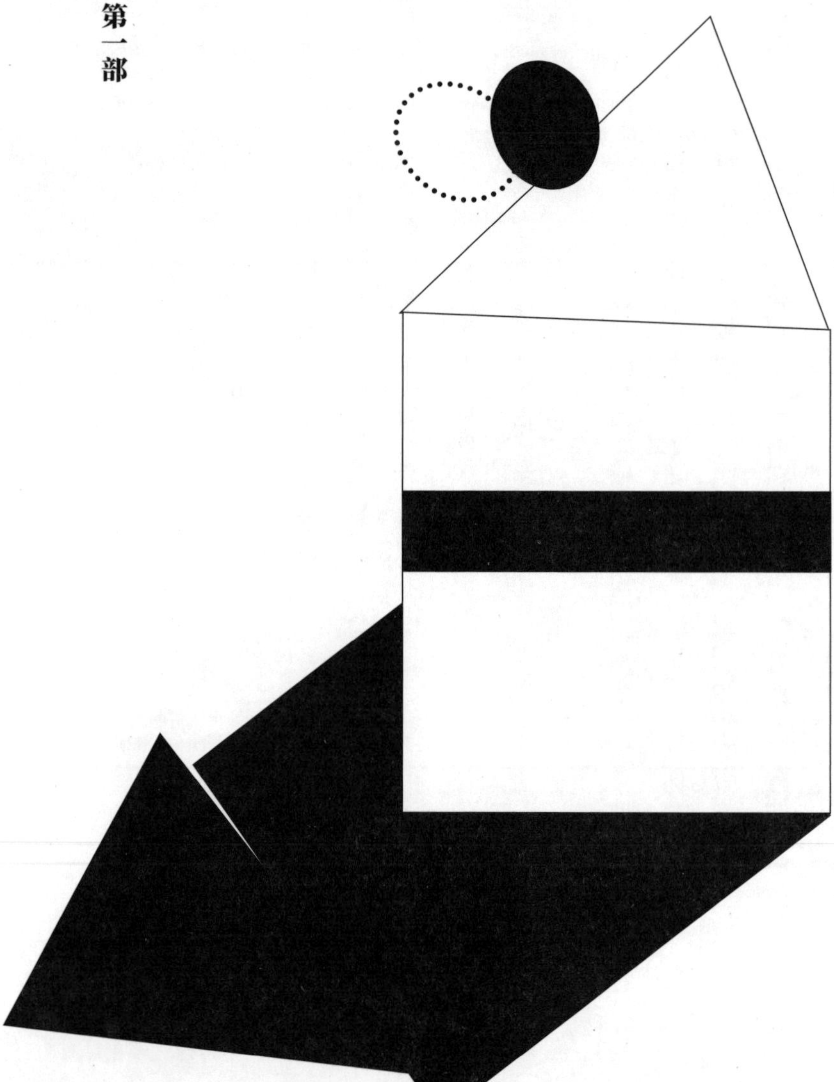

◇

事情發生之前，陳勻嫻對於那些被欺騙的人，並沒有太多同情。

當然，她也不會說，啊，**那是他們活該**。可是，看看新聞或者報紙上，那一張張平凡無奇的臉孔。他們就那樣信了。一場驚天動地的投資案，一批奇貨可居的靈骨塔，一個祕密開發中的觀光度假中心。一個月拉五個親友來參與，從此躺著賺，以被動收入逍遙餘生。她看著那一張張涕淚橫下、因控訴而漲紅的臉，總忍不住帶點訝異地想：你們就這麼相信自己的好運？

相較於那些只要拿出紙筆做些簡單計算就能看出的端倪，陳勻嫻更想了解的是他們的心態：世界上真的有那麼多人相信，自己比別人更值得致富？她想問那些人，如何擁有這樣的信心？覺得自己命中注定要擁有一筆難以勝數的財富？一種教別人妒忌得要死的命運？

直到她遇到了那件事，她才深刻明白到，原來事情就是會發生，一再地，反覆地。

可憐的人們，他們就這樣付出了慘痛的代價。

不過，他們也不是沒有快樂過，在泡沫迸裂的前一刻，他們伸出手掌，觸摸那層膜，臉上微微一笑，相信這就是幸福。

◇

那日場景，陳勻嫻在心內反覆複習多次。

充滿柔軟香氣的客廳，柔和的燈光，平滑得像是剛整過的滑雪場（日籍師傅親手製作，卻取了一個法文店名）的草莓鮮奶油蛋糕，看起來不能再更快樂的孩子們，以及，最重要的元素——那名看起來無懈可擊的女人。派對的細節雖然隨著時間而逐漸剝落，但，只要閉上眼睛，陳勻嫻又彷彿置身現場。她牽著兒子，雙手冰涼。

清晨，派對倒數前五個小時，她才跟丈夫楊定國起了爭執。

六點五十分，夫妻倆幾乎在同個時間點，被蔡萬德的電話驚醒。陳勻嫻半瞇著眼，聽著丈夫捧著手機，小心謹慎地答覆著「好，那我馬上趕過去」，「不、不會，我早就醒了」。掛上電話後，楊定國立即從床上跳起，往浴室衝去。陳勻嫻被丈夫的動作搞得無法再睡，她雙手環胸，走到浴室前，門是半闔的，陳勻嫻可以看到鏡子，以及在鏡前瘋狂打轉的丈夫。

「你今天不跟我們一起去了嗎？」

「對不起，吳副總腰痛發作，打到一半不打了，我得趕快過去，不要讓老闆掃興。我待會把老闆家的地址傳給妳，妳搭計程車吧，算我的！」

從陳勻嫻的角度看過去，楊定國興致高昂，蓄勢待發，像一支箭。顯然地，他想把握住某種機會。陳勻嫻自知該退讓，但焦慮感如蟻群啃咬著她的全身，遲疑幾秒，她還是開口。

「可是，明明說好要一起去的，沒有你在，我突然跑去別人家裡，很奇怪吧？」

「妳放心，很多人的老婆都在，不只妳一個人。再說，我老闆的老婆很厲害的。她不會讓妳有落單的感覺。」楊定國直視鏡面，做最後的確認，先露出微笑，又伸出手，撫了撫下巴的邊緣，「好了，不要再跟我說話。我快點結束，就可以快點過去，妳也不會只有一個人了。」

見陳勻嫻仍愁容滿面，楊定國嘆了一口氣，「饒過我吧，妳以為我喜歡現在這樣？」

「我只是很怕我沒有辦法處理那個場面。」

「不要給自己這麼大的壓力。」楊定國步出浴室，「妳能處理得很好的。」

時鐘滴答滴答，陳勻嫻有自知之明，她真的得閉嘴。

她端出一個虛弱的微笑，點點頭，轉身往床的方向移動。不好意思的人成了楊定國，他揉揉臉，換了一個輕柔的語調，道歉，安撫滿臉窘迫的妻子，「讓我沒有後顧之憂地去討好Ted吧，妳也知道，下一次升遷有沒有我的名字，都靠平常這些互動了。」

陳匀嫻停下腳步，某種帶著破壞性的慾望如海浪襲來，將她包裹其中，她實在有點想說：「你已經抱著Ted的大腿很長一段時間了，可是親愛的，這有用嗎？」

她忍住了，緊咬牙關，把這些言語封在嘴巴內。她走出房外，楊定國換好球衣，坐在玄關的椅子上，套上襪子，他的心情很好，不僅哼歌，還噴了點香水。

「待會見，記住，只是一個小孩的生日派對，不要太緊張。」楊定國笑開一嘴白牙。

陳匀嫻目送著丈夫離開家門，喃喃低語，「如果真的只是一個小孩的生日派對，何必強調這麼多次？」她坐在沙發上，睜開眼睛時，才發現自己又睡著了，她緊張地看了看牆上的鐘，九點二十五分。陳匀嫻揉著眼，走進兒子的房間，楊培宸趴在床上，小手握成拳，見狀，陳匀嫻的心臟微微地緊縮。天使，兒子睡得好像天使。她在床緣坐下，搖晃著楊培宸的肩膀。

「起床了，心肝寶貝。我們要去爸爸老闆的家了。」

楊定國說過，受邀的人，主要是梁家綺跟蔡昊謙的親友，只有他們母子是例外。出於某種理由，蔡萬德似乎想保持一種公私的界線。可是這並不是很嚴格的堅持，偶爾，蔡萬德也會親自邀請一些他青睞的屬下，參與他的家庭活動。對此，公司內流傳著一個說法：能夠被蔡萬德邀請參與家庭活動的屬下，人事的變動指日可待。

對於這一天的到來，雖然夫妻倆未曾明講，陳匀嫻仍可以從日常的蛛絲馬跡，判斷出丈夫對於這一天的重視。不知不覺，她也跟著在意起來。她在百貨公司買了一雙新鞋，也拿出了婚後楊定國母親送的珍珠耳環。喚醒楊培宸以後，她站在衣櫃門後的鏡子前，一一比試，明明早已決定好要穿哪一件，時間一近，竟又沒有把握了。到底那些養尊處優的太太們，在這種場合，都穿些什麼呢？改穿這件翻領魚尾短袖洋裝好了？穿這件總被讚美看起來很年輕。可是「年輕」在這場派對上，仍然是一項可取的特質嗎？會不會弄巧成拙，顯得輕浮？猶豫半晌，陳匀嫻又換回一開始的選擇，領格紋長洋裝。為了避免自己又反悔，她當機立斷地步出房間，著手打點兒子的衣著。

十一點五十分，陳匀嫻牽著楊培宸，站在那棟大樓一樓的中庭。

看到那些牽著小孩的女人，懊惱立即攻上陳匀嫻的心頭——她的穿著太小家子氣了。

這些女人以及她們的小孩均有備而來，斜紋毛呢外套，白色素面上衣，卡其短褲，印花洋裝，蕾絲綁帶，有一種慵懶的基調，夾腳拖上大朵的山茶花也十分醒目。一種故作漫不經心的精心演練，像是從前班上的第一名，睜圓眼睛，一臉無可厚非地說，噢！自己其實不怎麼愛讀書。

透過巨大的落地窗，陳勻嫻看見自己和其他組合的倒影，差別一目瞭然，那些女人們彷彿即將要前往一座南洋上的小島，手上拿著插有小雨傘的果汁；出現在異國的美術館也很合宜，看起來清爽，又獨具個人風格，在鏡頭下很醒目，又不讓人覺得大費周章。

陳勻嫻難過起來，她不敢離那些人太近，繃著肩膀，打了聲招呼，隔著一點距離望著那些狀態完美的人兒。她不安地垂首看了兒子一眼，想知道兒子此時心情如何，楊培宸目光灼灼，四處張望，好像尚未看穿自己的格格不入。

他只記得父親的保證，壽星的房間裡，有一個玻璃櫃，裡面擺滿了超級英雄的公仔。

陳勻嫻鬆了口氣，慶幸孩子的心眼還不細膩，否則她恐怕無法同時應付兩個人的低潮。她不禁開始怨懟，這都是楊定國的錯，楊定國可以建議她如何打扮。她其實可以表現得更好的。

有人遲到了，而女主人打算等人數到齊了再一起上去。

遠遠看，這些女人們的結構似乎很鬆散，除了陳勻嫻以外，她們堪稱自在，隨心地移動，想坐下時便坐下。然而，若仔細觀察，會注意到所有人都提了一些心思在梁家綺身上。像池中的錦鯉，乍看心不在焉地遊走，但若池畔上有任何動靜，牠們移動的速度也快。

梁家綺是池畔上那抹身影，一個無心的舉手，都能讓魚群們介意得匆忙趕赴。

梁家綺顯然明白這一切，她一下跟這個媽媽說話，一下讚美那位媽媽的氣色很好。像是切蛋糕一樣，盡可能平等地分配自己和與會者的對話時間。陳匀嫻才想著，梁家綺沒見過我，她不會來找我說話的。梁家綺就以行動證實了她想錯了，兩人的視線凌空相逢，梁家綺點頭一笑，目光熱切專注。陳匀嫻默默地同意了丈夫的話，梁家綺是訓練有素的厲害角色，她的笑容，合宜得可以放在教科書上，解釋為：**當妳舉辦了一個生日派對，冷不防出現妳不認識的陌生人，身為女主人，妳仍應該端出的微笑**。陳匀嫻猶在感受與品味，梁家綺已有了大動作，她俐落地往陳匀嫻母子的方向移動。魚群們受到感應，一一昂首，注意力落在陳匀嫻母子身上。有人交頭接耳，窸窸窣窣。陳匀嫻心頭一緊，隱約明白有什麼事情即將發生，而自己並無把握。

「妳是匀嫻吧？妳好。我是家綺，Ted 的老婆，叫我 Katherine，或者 Kat 就好。」

陳匀嫻沒意識到，自己露出了一個好彆扭的微笑。

「糟糕，該不會，楊副理沒有跟妳講過我吧？」

梁家綺眨眨眼，彷彿一個無辜的年輕女孩。

陳匀嫻有了怯意，她理應力求表現，又不知從何開始，整個腹部揪成一團，腸胃不在它們應當的位置上。她始終不擅長人際，哪怕是認識多年的朋友，突然碰面，她也得花上數分鐘讓自己適應。眼前的互動發生得太快，她心思紊亂，決定先從模仿做起。

「妳好，我是匀嫻，嗯……我的英文名字是 Evelyn，但大家習慣叫我匀嫻。」

梁家綺盯著陳匀嫻的臉，好像在計算些什麼，又好像心中一片坦蕩。陳匀嫻握著兒子的力道隱隱加強，楊定國不在場，她得獨自應付這場面。她感到不公平，且渾身無力。就在陳匀嫻內心的弦隱隱要繃斷之際，梁家綺笑了，輕輕地湊近身子，一種糅合了玫瑰與白茶的味道襲來，陳匀嫻感覺到自己的手臂被以一種恰到好處的力道給握住，梁家綺的聲音鑽進她的耳朵。

「匀嫻，放輕鬆一些。妳看起來好緊張。」

陳匀嫻終於可以更近地看那張臉。

五官非常雲柔，皮膚細緻得即使近看也沒有毛孔，不曉得該歸功於昂貴的保養品還是發達的醫美手術。不是那種第一眼就能吸引別人注意的長相，但看久了又覺得深具說服力。陳匀嫻不記得自己又說了什麼，可能是努力擠出一些話語，想要讓梁家綺喜歡自己。梁家綺有幾次掩著嘴笑了起來。不管那笑意是否帶著真誠，陳勻嫻覺得已經可以跟楊定國交代，夠了，她在心裡輕哼，以楊定國突然缺席的狀況來說，我做得夠好了。

等待的人終於到了。像是池畔走來第二個人，打破了和諧，引來全新的競爭關係。陳勻嫻捕捉到，幾乎是女子一出現，梁家綺的眼中閃過一絲猶豫，但那絲猶豫只登場了一秒鐘，陳勻嫻再眨眼時，梁家綺已帶著那股好聞的香氣，離開她的身側。

那名遲到近二十分鐘的女子，正往大廳走來，想起什麼似的，又回頭去，半個身子探進車窗內，比手畫腳，不曉得跟司機交代些什麼。女子打扮入時，裸了肩又露了腿，體態婀娜，大腿緊繃且沒有橘皮組織。她身邊跟著一名女孩，跟母親比起來，女孩的五官好清淡，淡得讓人實在提不起精神去細看。陳勻嫻反而對這名女孩充滿好感，原因無他，女孩臉上的表情很誠實：她一點也不想來這場聚會。至於理由，不重要，六歲的小孩有太多值得不高興的事情。

「這麼多人，就只有妳敢遲到。」梁家綺嬌嗔。

「不是我要遲到，是馨語的問題，她午覺完給我發起床氣咧，說不想來了。」

女子眨眨眼，無可奈何地指著女兒。

「沒關係，小孩子偶爾鬧鬧脾氣難免的。好了，我們上樓吧。」

梁家綺抬高手，漂亮的指尖在凌空中揚起，魚群們就這麼給勾住，魚貫地進了電梯。

◇

二十三歲那年，陳勻嫻結了婚，對象是室友的哥哥。

她邀請的人不多，出席的人因此很少，她自己也六神無主，所以來不及細看賓客臉上的反應。她曾回頭去翻找當日的照片，母親簡惠美的臉上，掛著一副心事重重的笑容。而好友張郁柔，可能是陳勻嫻心中有了成見，她也覺得張郁柔在與她合照時，眼中凝聚著愁思。

二十三歲，實在太早了。

人生是這樣的，有些人漫不經心，卻總是一再地坐享其成。有些人步步為營，每一次的十字路口，他們穩穩沉著，緩緩吐息，經過縝密的推敲與判斷才往前邁進，卻摔得比誰都慘。

會有這種感悟，其實也暗示了陳勻嫻自己更偏向是後者。

如果有個陌生人問她，當初會選擇跟楊定國結婚的原因是什麼？陳勻嫻很可能會沉默許久，發現自己無語以對。幻覺吧，最接近的答案應是如此。感情往往是在絕望的處境中，獲得最豐沛的能量。越是無處可去的人，越渴望躲進一段感情之中棲息。

楊定國初初認識她時，曾說過「妳真是一個多愁善感的小女孩」。陳匀嫻本想反駁，偏偏內心明白楊定國的這番評價無失偏頗。來台北之前，她不是沒有給自己打氣過。陳匀嫻，妳那麼拚了命地讀書，不就是為了把自己從一個荒蕪的小鎮帶來這裡嗎？

即使如此，這座城市仍在許多層面上，嚇壞了她。

不單是這座城市，更精確地說，包括在這城市生活的人。她花了一些時間才搞懂，一個城市的精華，往往是來自於在城市間俯仰之人，他們所流露出的精神與態度，若喪失了這些，這座城市也不過是成堆的鋼筋混凝土。完成註冊手續，搬進宿舍，每一天，從睜開眼睛，到終於能倒在從福利社用幾百元買來的單人床墊上，陳匀嫻一再地發現到自己與同學們的不同。事實上，這甚至稱不上「發現」，發現這個詞，感覺當事人至少得匀點心思，看個仔細。陳匀嫻的處境倒不是這樣，她的處境更慘，她覺得自己被暴露在過量的資訊流之中，很快地絕望起來。

她的室友們，坐隔壁的一位學姊，在宿舍放了一個二十四吋的行李箱，因為她剛從加州的親戚家回來。坐在後面的同屆，歷史系的楊宜家，則以東京帶回的果汁糖作為初次見面的禮物。楊宜家一邊勸陳勻嫻「多拿一點，反正我買了好多」，一邊咕噥「我本來想要玩到開學前一天再回台灣，可是我媽媽不允許，她說，開學比較重要，富士山可以等到寒假再去，到時候還可以順便去滑雪」，陳勻嫻點頭，把軟糖塞進嘴巴裡，迸裂出的糖液立刻充滿她的嘴巴，她嚇了一跳，滿嘴的甜，苦澀的心。陳勻嫻甚至還沒辦過護照，她沒有出過國，她的父親、她的母親也沒有，就連她的姊姊陳亮穎，也是在結婚時，才為了蜜月旅行辦了護照。

他們一家人最遠的一次旅行，是在她國小時，搭船到澎湖，姊姊在船上吐了好多次，他們一直在索取塑膠袋，以及更多的塑膠袋。酸腐的味道進入他們的鼻腔，最後陳勻嫻也吐了。他們好不容易抵達了澎湖，重新踏上陸地，終於可以睜開明亮的眼睛，看看這座島嶼上的乾熱與細沙，當他們總算適應了環境，也進入了旅遊的心情，母親宣布，三天兩夜的旅程要結束了，姊姊一聽到又得搭船，還沒走向碼頭，即忍不住哭了起來。她感染到這股哀愁，也跟著哭了。經過一番折騰，暈船藥，少許塑膠袋，以及大量的旁人的忍耐，他們搖搖晃晃地回到了家中。一踏進家門，父親宣布，他再也不想要出門旅行，他覺得待在家中比去世界上任何地方都還要舒適。從此，只要兩個小孩提議，她們想要出去玩，像其他同學那樣，父親會抿緊嘴角，以帶點痰的聲音說道：妳們忘記，我們之前說好，再也不要出門了嗎？兩姊妹面面相覷，臉上閃過一絲困惑，她們沒有相關的記憶，我們真的跟父親說好了嗎？她們不是很肯定，可是，至少有一件事她們不會搞錯：父親沒有帶她們出門的意願。

再說了，父親愛極了小吃店營業的每一天。他常說：做一天是一天，你多做一天，這個月的水費就有著落，再做一天，連電費也有了。之後多做一天，都進到你的荷包。陳勻嫻對於父親的小吃店，時常有一種複雜的情結。她知道這間店養活了她們姊妹倆，可是，除了這個之外，她沒有辦法再多想一個優點，說服自己喜歡這一切。

第一個學期結束的寒假，楊宜家可能會去東京，也可能不會，她說不定會被旁人說服，改而前往一個溫暖的熱帶島嶼，穿上亮豔又大膽的比基尼，握著一杯兩百元的雞尾酒，雙手撐著泳池池畔，對著鏡頭留下甜蜜的微笑。至於她，只能是握著台鐵車票，大包小包，準備返鄉，給父母的小吃店幫忙。

她並沒有很能幹，至少，她沒有姊姊那樣八面玲瓏，陳亮穎從國中就能一邊數著麵條下水的時間，一邊乾脆地切完小菜，同時算好價錢。很小的時候，陳勻嫻可以從父母看著姊姊的眼神，感受到父母的期望：遲早有一天，姊姊會接下這間店。這個念頭，在姊姊表明自己不打算念大學的時候，變得更加牢固切實。只是，他們都沒有想到，陳勻嫻升上高二的那一年，陳亮穎愛上了一個大她十三歲的網友。

為了愛情，陳亮穎搬去宜蘭與對方同居。陳勻嫻的父母氣急敗壞地發出警告：有他就沒有我們。妳若是要去宜蘭，別想回雲林了。

陳亮穎在一個夏日清晨跳上了火車，往宜蘭去。

陳勻嫻被這件事弄得不能專心讀書，她很為難，她可以體諒姊姊，有誰的二十歲，會甘願在一個人口不斷外流的小鎮裡，日復一日地下麵切豆乾海帶？可是她也沒有那麼體諒姊姊，她想，姊姊這一走，父母也許會把克紹箕裘的心願轉嫁到她身上。她一邊捧讀著中國文化基本教材，一邊暗暗祈禱對方是個渣男，姊姊不得不痛徹心扉地回到家鄉，全心全意投入小吃店。

事與願違，那個男人的家族在宜蘭經營民宿，姊姊成了男人的得力幫手，張羅十幾個人的早餐，對她來說不是難事，她做得駕輕就熟。陳勻嫻曾偷偷搜尋男人的民宿評價，沒想到在遊客心得裡發現了姊姊的存在：早餐是民宿老闆的女友親手做的手工蛋餅，用麵糊煎的，口感軟嫩，一個不夠可以再續，愛吃蔥的人會很愛。

陳勻嫻把這段話念給父母聽，姊妹倆的父母終於面對現實，請了一位員工。

半年後，姊姊的婚禮上，所有的賓客都笑得很盡興，唯獨陳勻嫻的父母，他們笑出眼淚來。除了對於姊姊的不捨，還有一種情緒，可能只有陳勻嫻才看得出來，她的父母們是多麼惋惜，姊姊就這樣丟下了小吃店，在他們心目中，這跟丟下了這個家庭沒有兩樣。思及此，她也高興不起來，婚禮尾聲的大合照，陳匀嫻看起來深思熟慮，一副小大人的模樣。對於此，她有一套說法：我要準備考大學了，我是考生，我壓力很大。

◇

搬進宿舍兩個月後，陳匀嫻承認，三個室友中，她最喜歡楊宜家。

楊宜家是台北人，家裡甚至住在離學校不遠的大安捷運站附近，楊宜家理應不能住校，但她為了享受完整的大學生活，央著父母親做了一些「技術上的調整」。

兩人一聊，陳匀嫻才得知，楊宜家的大考成績很理想，她甚至可以填財金系，但楊宜家確實對歷史有興趣。這一點讓陳匀嫻很是敬佩，她其實把目標放在財金跟國貿系上，偏偏數學考得比模擬考時的水準還短少了二十幾分，她只能退而求其次，選擇經濟系。

陳匀嫻不喜歡待在宿舍，同寢的學姊總把剛洗過的衣物晾在宿舍內，房間終日飄散著一股人工香氣混雜著濕氣的霉悶味。她之所以待在宿舍，主要是不想花錢。來到台北後，陳匀嫻不太理解一件事：同學們都好重吃。時常蹺課的同學，倒是很愛揪團嘗試東區的新餐廳，尤其是下午茶，一盤鬆餅一壺茶，加上服務費很難不超過三百元。家中給陳匀嫻的生活費是一個月八千，包括教科書的費用。她的早餐很固定，饅頭夾蛋，二十二元，一包沖泡麥片，八元。換句話說，吃一次下午茶，可以抵上她十日早餐。她跟過幾次，覺得負擔太大，之後都推拒了。

楊宜家喜歡待在宿舍，因為她不喜歡走路，她覺得待在宿舍很舒適。她很依賴網路購物，上大學後，楊宜家的母親給了她一張附卡。

「一個月多少額度啊？」陳勻嫻小心地問。

「不曉得耶。不過有一次，我在百貨公司週年慶買了 AVEDA 的洗髮精跟護髮精華，上網看到網友分享蘭蔻的滿額贈，又很想要，就手滑買了他們家全套的保養品，結果那個月帳單破兩萬，我媽稍微念了我一下啦。」

楊宜家聳聳肩，毫不在意。

就算這樣，陳勻嫻還是滿喜歡楊宜家。至少楊宜家很坦誠。

大二下學期，陳勻嫻跟著楊宜家修了一門通識，沒多久，楊宜家跟一位電機系的學長打得火熱，她拜託陳勻嫻幫忙抄筆記跟交作業，陳勻嫻不想破壞交情，便幫了她。此舉似乎讓楊宜家認定了陳勻嫻是個值得深交的人，她腦筋一轉，起了一個念頭。

「我的哥哥在金融業工作，大我們八歲，個性很好，只是工作很忙，沒有辦法認識女生。」

陳勻嫻不太情願，她還是想找年紀相仿的人。但她也不排斥跟楊定國見面。她想得很單純，見見世面也好。說自己不渴望談戀愛，是騙人的。

初次見面，他們約在敦化南路，一間冰淇淋為主的餐飲旗艦店。陳勻嫻提早了二十分鐘抵達，她穿著素色短袖，水藍色的牛仔短褲，黑色絲襪，以及狠下心買的愛迪達球鞋。她胸有成竹，認為自己看起來狀態良好，直至她到了現場，翻了翻門外那印製精美的菜單，看了看透明玻璃窗內用餐的人們，幾分鐘後，一股不知從何而起的焦慮攫住了她。她掏出錢包，數了數裡頭的鈔票跟硬幣，又回頭去看那份菜單。這時，楊定國現身了，上氣不接下氣，笨拙地朝陳勻嫻揮揮手，又指了指喉嚨，說先讓他喘一下氣，他用跑的。說也奇怪，他的舉止很快地安撫了陳勻嫻的不安。陳勻嫻笑著要楊定國慢慢來，她也方便細細打量這個男人。黑長褲，全扣式白襯衫，打了一條深藍色領帶。關於領帶，陳勻嫻傾向解釋為，楊定國想讓一切看起來更為正式。

她卸下了心頭的煩惱，待會兩人一起走進去，她看起來不會太格格不入。

楊定國調勻了呼吸，徐徐解釋道，沒掌握好停車的地點，停了一個太遠的位置，他先是快步地走，隨著時間漸漸逼近，只好跑了起來。說完之後，他頓了一下，從皮夾中摸出兩張禮券。

「我朋友送我這家冰淇淋的禮券，妳會介意我用禮券結帳嗎？」

陳勻嫻眨眨眼，露出微笑，「不，當然不會。」

事後，她回想這一刻，無數次地回想。每一次回想，她都會得到一些不同的感受與觀點。可是，有一點不會改變：極可能在這一刻，她喜歡上了楊定國。

◇

楊定國的存在令陳勻嫻再一次地體諒了姊姊。

這種感覺真是好，什麼感覺呢，像是憑天而降一台南瓜馬車，妳踩著一雙千載難逢的漂亮鞋子行了上去，從此再也沒有憂慮。體諒楊定國從事著勞心的工作，他們的約會行程很固定：體面的晚餐，看電影，若時間還足夠，就上陽明山或貓空看夜景。有時高處的空氣濕涼，楊定國會把自己的西裝外套褪下，陳勻嫻嬌小的身子籠罩在他的味道之中。皂香混合著菸味，屬於成人的味道，陳勻嫻不由得微微暈眩，且眼前的燈火與車流令人恍惚。跟楊定國在一起的日子，總是很愉快，兩人年紀上的差距，收入上的懸殊，更讓楊定國堅持，沒有給陳匀嫻分擔的道理。

一回，在淡水巷弄的一間禮品店，一只高高掛起的磚紅色後背包吸引了陳匀嫻的目光，她伸手輕撫，感受其質地，同時評估著，這個大小拿來裝教科書跟筆記本正好。她請店員為她取下，店員調整好肩帶的長度，才交給了她。站到鏡子前面，陳匀嫻簡直不能更喜歡自己所看到的畫面。她屢屢變換角度，越這麼做，越發現這只後背包根本是為她所設計。趁著店員忙著招呼新來的客人，她翻出了標籤，上頭的四位數字令她黯然神傷，她急急卸下了背包，催促著楊定國離開。

兩人一踏出禮品店，楊定國不解地問：「為什麼不買？我看妳很喜歡。」

「對，那款很有設計感，也不容易撞包，可是，三千多……超過我的預算。」

「原來是價錢的問題，」楊定國恍然大悟，「這很好處理，我買給妳吧。」

「不，不要，」陳匀嫻抓住楊定國的手，阻止了楊定國要回頭的舉動。「不要這樣，你已經出了我們每一次出門的吃飯跟電影票錢了。我不想再增加你的負擔。」

「妳怎麼會這樣想？我不覺得有什麼負擔。」楊定國停下腳步，好整以暇地注視著陳匀嫻，「對我來說，三千元買一個包包，很合理。妳知道宜家最近背去上課的包包多少嗎？那個深藍色、磁吸扣的斜背包，一萬多，我媽爭不過她，就用生日禮物的名義買給她了。」

聞言，陳匀嫻改變了心意，她沒再多說一句。楊定國似乎很滿意陳匀嫻的反應，他搭著陳匀嫻的肩膀，語重心長地說：「匀嫻，宜家跟我說過了，妳一個月的生活費就那樣。妳跟我出門，就不要再管錢的事，讓我處理就好了。我希望妳跟我在一起的時候，就像宜家那樣，不需要管錢怎麼花，夠不夠花，專注享受當下的人生，這樣是最好的。」

陳匀嫻注視著楊定國進入店內的背影，思緒紛雜不堪。她自問，楊宜家的人生，豈非我所深深羨慕？如今我這般靠近，為什麼還要裝模作樣，顯得我並不是那麼渴盼這一切？

陳匀嫻決定變更自己的觀念，從今而後，她不僅要，還得要得更多。

她不要成為因這城市而感到頓挫的人，相反地，她要成為提供這城市養分的對象。她要像楊宜家，幸福得一無所知。她無從確定，自己對於楊定國是否稱得上愛。她偶爾會挑剔，這段感情少了些激昂和躁動，轉念一想，這份細水長流的棉勁，不也很好嗎？

大三那年，陳匀嫻瞞著雙親，跟陳亮穎見了面。事實上，陳亮穎約了好多次，陳匀嫻不肯，她心底還有一條深水，是越不過去的。當她抵達羅東火車站，在約定的飲料店等候，看到陳亮穎搖下車窗，朝自己奮力揮手時，雙腳彷彿生了根，分秒之間，她有了抗拒。

直到身後的路人狠狠地撞到了她的肩膀，還埋怨地吐了一句「小姐妳也站旁邊一點」，她才大夢初醒似的，彎腰提起行李，走向那台在陽光下閃閃發亮的寶藍色賓士。

陳亮穎給陳勻嫺準備了一個很好的房間，一扔下行李，倒在床上，陳勻嫺可以感覺到自己的骨架得到了完整的支撐，床墊想必所費不貲。陳亮穎坐在床邊，看著自己的妹妹，若有感悟地說：「妳看，我現在很不錯吧？我知道，爸媽還在生我的氣……可是，妳看看這裡，老實回答我，如果妳是我，妳甘願嗎？結婚後，我才知道，過去自己什麼都沒有……」

陳勻嫺閉上雙眼，好避掉跟姊姊四目相接的痛苦：「妳怎麼可以這樣說，爸媽聽了會很傷心。」

「難道不是嗎？」陳亮穎的語氣倏地急促了起來，「妳想想我們小時候，人家有的，我們都沒有。只是討一些小東西，就被罵不知賺錢辛苦。想出去玩，爸也要生氣，說我們都跑出去，誰來顧店？難道錢會自己進來嗎？」

陳勻嫺沒有說話，只是靜靜地搓著枕頭套的邊絮，消化著姊姊的情緒。

「我以前也覺得，爸說得很對。要不是遇到我老公，他一聽到我長大的環境，說我真的很可憐。我問他，那你是怎麼長大的，他說他在國小的時候，已經去過日本的迪士尼了。當然，他家也不是沒有錢的問題，可是我公公婆婆說，可以苦父母，不能苦小孩。」

「爸媽也不是想要讓我們苦，只是家裡就是那樣，他們就是沒有姊夫家有錢。」

「所以，妹，」陳亮穎握住陳匀嫻的手腕，強迫陳匀嫻把注意力放到自己身上，「當妳跟我說，妳現在交往的對象家裡很不錯，我真的很替妳開心。這樣很好，希望妳保持下去，聽我說，好好把握這個機會。」

陳亮穎把陳匀嫻的手拉過去，放在自己的肚腹上，「我懷孕快滿兩個月了，」陳匀嫻還沒有充分意會到這句話的意思，陳亮穎趕忙說了下去，「等到滿三個月，我會自己跟爸媽說，妳先幫我保密。妹，我先跟妳說，是希望妳也能為我感到開心。」

陳亮穎的眼中浮現一絲悲喜交加，「我知道爸媽還在怪我，但我只能說，我不後悔。尤其現在，我要有自己的小孩了。我真心覺得好險我沒留在家裡。如果我還在家裡幫忙，可以像現在一樣，什麼都不做嗎？妹，妳可能也還在生我的氣，那也沒關係，我只希望，等到妳比現在更大一點，妳會懂我在說什麼。」

陳匀嫻把手放在額頭上，用力地壓了壓，好止住上湧的淚液。姊姊的話讓她有些難過，只是她不太清楚，是因為她覺得姊姊的話，並不公允；還是說，完全相反，她只是無法承受姊姊說的每一個部分，都相當正確。她需要一些時間，好釐清是哪個部分刺傷了她。

◇

再回頭去講那個生日派對吧。

說也奇怪，無論之後的人事如何演化到一個令人難以喘氣的境地，陳勻嫻還是深刻覺得，自己對於派對上的一切，仍保持著某程度上的喜愛。這真是難以解釋的弔詭情結，斯德哥爾摩嗎？不，不那麼像是受害者情結。也可能是吧？誰說了算呢？她嗎？不管怎樣，她還是想說，那個生日派對沒有這麼糟糕。至少，她情願這樣想：在那個時候，梁家綺是真心誠意想要跟她做朋友。

電梯門打開，一層二戶，往左轉是蔡府。門的旁邊擺了一張櫻桃木色的方形茶几，茶几上有一件瓷器，錦鯉在荷塘間逐戲，模樣生動且富有靈韻。梁家綺推開雕飾浮誇的沉沉大門，走在前頭的人，發出齊聲讚嘆，陳勻嫻甫踏進屋內，哇噢，一瞬間，她也懂了大夥的興奮。

她終於明白，為什麼梁家綺寧願讓眾人在大廳等待，也不要先放一小批人上來。換作是她，她也絕對捨不得錯過此時此刻。

理所當然，妳精雕細琢，千辛萬苦，一定想親耳聽到眾口一聲，哇噢，那是一種群發性的反應，具有時效性，一旦錯過，再也不可求，彷彿看電影，導演得在劇情推到最高點時，親耳聞見那些屏息聲或抽泣，這絕對好過電影落幕後，才聽到觀眾慢條斯理地說，這部電影拍得很好。

充滿空間感的客廳，沉甸甸的原木長桌，獨樹一格的視聽櫃。各式各樣的氣球，有些注入了氫氣，直接飄升，抵著天花板，多數則以塑膠桿撐著，在地上盛開。視聽櫃上有一行以金色氣球拼成的 Happy Birthday，桌上的白色托盤，放著五顏六色的現榨果汁和小巧脆弱得讓人捨不得吃掉的杯子蛋糕。進來之前，陳勻嫻已經做好了萬足的準備，但在她的腳底踏上地面時，那種一塵不染的潔淨感受，令她的心湖起了漣漪，職業婦女永遠不可能擁有這麼完美的地板，她敢打賭，在場所有人的腳底都比這地板更髒。他們當然得穿上拖鞋，好避免他們那不知道踩過什麼的髒襪子，汙染這裡的地板。

有人開了口：「Kat，妳不是說今年要走簡單風嗎？這樣子叫簡單？要我們怎麼辦啊。」

陳勻嫻很好奇梁家綺的反應，她習慣了人們對她的讚美嗎？

梁家綺客氣地笑了笑，轉頭對一位身材略顯矮小的女子訓話。

「阿梅，小孩子的室內拖少一雙，我不是說了，要準備七雙嗎？」梁家綺說。

「可是太太，妳一早不是說六雙……」

「阿梅，妳記錯了，我說小孩子要七雙，現在少一雙了，快去準備！」

好像闖入一個未受邀請的空間，陳勻嫻趕緊退出，尋找起兒子的身影。楊培宸痛恨穿拖鞋，他喜歡光著腳到處跑，她得去確認兒子是否有穿上拖鞋，以免被誤會成沒有家教的小孩。除了她，大部分的女人都熟門熟路。有人借了廁所，有些跟著梁家綺到了廚房的中島，詢問是否有幫得上忙的地方。而那位讓大家乾等二十分鐘的女子，拉著女兒往沙發走去，甫坐穩，小女孩便喊渴。

「阿梅，飲料呢？我不是跟妳說了，大家等了一下，會渴嗎？」

「太太，我放在冰箱，還沒有拿出來，我現在拿出來。」

「還要拿個冰桶裝冰塊。」梁家綺朝著阿梅的背影叮囑。

阿梅拿來兩杯果汁在那對遲到的母女面前放下。小女孩接起果汁，一口仰盡。

視線一角，客廳的邊緣擺了一架平台式鋼琴，鋼琴的下方是織有八邊形格紋的土色地毯。陳勻嫻有點想問，這架鋼琴是怎麼進來這個家的。無論是哪一種答案，都會讓她感到意外。

楊培宸不在客廳，也不在餐桌。

他究竟是往哪裡跑了？

再往前走去，是約莫五米長、一米寬的走廊，兩側有房間，牆上放了裱框的畫，陳匀嫻一時半刻看不出個名堂。走廊的盡頭是一面鏡子，陳匀嫻看到自己臉上的表情，又失落，又豔羨。這房子真是好長好長。她猜，也許比她跟楊定國的家大上一倍？還是不止？

她跟楊定國的電梯大樓，扣掉公設，室內二十四點九坪。好處是樓高，十六樓，簽約前，陳匀嫻還想跟屋主做最後的掙扎，十萬、二十萬也好，可以做好多事情。那位即將回香港養老的老先生微眯著眼，把夫妻倆帶到窗前，打開窗，涼意一下子拂在臉上，彷彿有人柔柔地托著妳的臉，陳匀嫻下意識往後退了一步。老先生問：這樣的景色，難道不值得嗎？這句話沒有說錯，從他們所站的位置往下看，人影，車流，都不過指尖大。可以站在這樣的位置，也算是一種社會階層的隱喻了。再者，她也喜歡十六，這數字感覺很吉利。她刻意壓抑住她心內的認同，往丈夫看了一眼，楊定國專注地看著窗外，眼中閃爍著孩童見到新奇食物的喜悅之情，陳匀嫻復看了一下老先生的神情，一看，她確定，沒辦法再殺價了。

◇

他們本來會有自己的房子的。

比不上蔡萬德的家，可是絕對比他們現在的大樓更好。

大三那次從宜蘭回來後，陳勻嫻找到了一個嶄新的觀點，去審視她跟楊定國的感情。她無從確定，楊定國的家世跟陳亮穎的丈夫，何者勝出。她旁敲側擊過，楊定國的家庭，除了目前自住的五十坪大樓以外，他們在信義區還有一戶近三十坪的公寓，SARS 期間買下的，走路到信義威秀不用五分鐘。當前以房客支付的房租來繳納房貸，算一算，再七、八年後還清。陳勻嫻升上大四後，楊定國似乎動了成家的意想，屢屢在兩人相處時，引進結婚的話題。

他為兩人的未來，勾勒了一幅，至今想來仍無可挑剔的願景。

「我會說服我媽媽，等我們結婚，讓我們搬去信義區那一戶公寓。」

「那裡面的房客怎麼辦？」

「這什麼傻話，當然是叫他們搬出去，房東要娶媳婦，這理由夠正當吧？」

「你父母也許會想叫我們跟他們一起住啊。」

「不不不，結婚後要有自己小家庭的空間，我可不想要被夾在媽媽跟老婆中間當夾心餅乾。而且，住信義區多好，想看電影，走一下就到電影院了，天天都能約會！」

陳勻嫻沒有再說話，心裡甜蜜地發起泡泡。想著陳亮穎，想著楊定國，她對於課業的追求再也沒有青春時期的鬥志盎然。她意興闌珊，蹺課頻頻。大四那一年，她正式造訪楊定國一家，在楊宜家的助攻之下，她不費吹灰之力地收穫了楊定國雙親的喜愛。楊母的反應，好得不能再好，她頻頻詢問陳勻嫻喜歡什麼首飾，家中的大人愛吃什麼瓜果，有服用補品的習慣嗎。不遠的春節，她屬意送幾個禮盒過去，給未來的親家打個招呼。陳勻嫻有些受寵若驚，她只能點頭，不斷說好。臨別前，楊母寬慰地搭著她的肩膀，以隨意又親密的口吻說：「定國有沒有說過，我們有一間公寓，在信義區那收租？你們結婚後，先在那邊住，慢慢存你們的頭期款。」

這句話，成了陳勻嫻大四那年，出席率奇慘無比的主因。

愛情令她變得懶散，她不再汲汲營營於打造亮眼的 GPA。

她太得意忘形了，疏於注意，不應把雞蛋放在同一個籃子。也可能她曾有過機會，將眼前的局面做一番精緻的淘洗，但她只是將所有的猶豫和不安，都解釋為自卑感在作祟，每一次轉折，人們的心中不是沒有保護的機制，但有更強的機制會蒙蔽他們的心眼。人類真是說服自己的專家，明明感應到事有蹊蹺，但為了當下的幸福感及成就感，竟能練就睜眼不見、充耳不聞的絕技。

◇

陳匀嫻得持平地說，她很喜歡她跟楊定國最後買下的那戶電梯大樓。

由於頭期款超出他們的預算，家具只能分批購入，兩人把手頭僅存的一點現金，用在一張很貴的床墊上。這是楊定國的主意，他認為，人一天至少有六個小時躺在床上，有四分之一的人生在床上度過，再怎麼委屈，床墊的錢不能省。為了對得起這張床墊，陳匀嫻去百貨公司帶回一組近八千的緹花寢飾。粉藍色，埃及長纖細棉的質地覆在身上像海，躺在床上，她安慰自己，即使事情出現了轉折，但她尚未被擊倒。

如今在這派對上，每往前一步，陳匀嫻對於這個想法的懷疑就驟升一分。

梁家綺的家好通透，像娃娃屋，到處是植物，還有妳也說不出什麼理由，看起來就是覺得理所當然的擺設。桌跟牆的間隔很足，人在移動時不用顧忌手腳會撞到家具。她走了大約七、八步，路線上尚未出現障礙物。真是令人感到挫敗，這裡可是台北市的精華地段。

有一個房室的門是半敞的，陳勻嫻推門想進去找兒子，梁家綺注意到了，她提著聲音喊，「啊，那個是我老公的娛樂室，要再往前、再往前才是我兒子的房間，我猜他把培宸帶進去了」。

陳勻嫻又是一陣心慌意亂，她以為自己的舉動夠隱密。

這女人究竟花了多少心思在留心四周的變動？

好不容易走到蔡昊謙的房間，眼前那幕和樂融融的景象卻深深撫慰了她打從進入蔡府惶惶不安的心。兩個孩子的臉貼得好近，楊培宸半趴在地上，像一隻貓伏在蔡昊謙的膝蓋邊，蔡昊謙坐著，地上放了一排公仔。蔡昊謙粗胖的手指一一指點，洋洋得意，這一個是日本帶回來的，那一個是住在美國的姑姑送的。他表情生動，喋喋不休。

楊培宸聽得很專注，雙眼流淌著歆羨的光華，他也很想要。

楊培宸有穿拖鞋，不曉得是自動自發，還是有人提醒他。陳勻嫻鬆了一口氣。她不想讓這些太太們在背後說楊培宸缺乏管教。她煩躁起來，有點想暫時離開，喘口氣也好。

她又看了一眼孩子們的互動，雖然是第一天相識，蔡昊謙卻對楊培宸表現出極大的善意，楊培宸觸摸那些要價不菲的收藏，蔡昊謙也沒阻止，任由楊培宸任意更換公仔的位置。突然，蔡昊謙說了什麼，楊培宸樂不可支，朝蔡昊謙的後背狠狠地敲了一下。陳勻嫻差點沒嚇暈，她前進兩步，正要手口並用地教訓楊培宸，一隻冷白的手突地橫出，把她給勾了回去。

她側身一看，是梁家綺，又是那女主人的笑容，梁家綺以氣音說道，放孩子自己玩吧。

陳勻嫻遲豫地又看了孩子們一眼，幸好，蔡昊謙沒發脾氣，他呵呵笑開，心情很好。

「妳不先過來客廳，跟我們聊天嗎？」

見陳勻嫻沒反應，梁家綺補上一句：「妳是第一次來，很多人還不認識妳。」她指了指客廳，不知不覺，除了蔡昊謙跟楊培宸，大家都在客廳了，他們的說笑聲傳入陳勻嫻耳中。

陳勻嫻點頭答應，待梁家綺一走遠，她快步衝進房，抓住兒子小小的胳膊，厲聲警告。

「答應我，待會不管怎樣開心，都不可以像剛剛那樣打人，知道嗎？」

蔡昊謙斜著頭打量陳勻嫻，陳勻嫻的大動作似乎嚇著了他。

楊培宸模糊地應了聲，「好啦，好啦。」

「你不要敷衍我，你再給我看到一次，像剛剛那樣打人家，你就完蛋了！」

見兒子一臉不情願，陳勻嫻緩了顏色，湊在兒子耳邊，低聲傾訴。

「這都是為了爸爸好，你知不知道？」

楊培宸昂起臉，眼神迷迷濛濛，似乎勉強搞懂了母親的意思。

陳勻嫻再度走到客廳，梁家綺人在餐廳，陳勻嫻聽到梁家綺不耐地催促著阿梅。

吧檯後方，蒸氣上揚，糅合著檸檬與薄荷的香氣沁入陳勻嫻的鼻間。

透過旁人的交談，她得知了一件事：遲到的女子叫作蘇若蘭，女兒叫陳馨語。

陳馨語坐沒坐相，上半身都往母親蘇若蘭身上倒。

「我不想吃義大利麵，我想直接吃蛋糕。我們什麼時候可以直接吃蛋糕。」

陳勻嫻皺了皺鼻子，想收回最初對這女孩的好感。她喜歡真誠，但不喜歡過分的真誠。

蘇若蘭順了順女兒的頭髮，試著安撫，「Kat 阿姨是做義大利麵的專家，妳錯過的話，一定會後悔的，如果妳等得很不耐煩，可以跟其他小朋友一起玩。」

陳馨語抬頭看了那些站在電視螢幕前玩著 Wii 的小孩一眼，「我不要，那個我不想再玩了，好無聊。」

蘇若蘭不再理睬女兒，她轉過身，接續了方才未盡的話題。

陳勻嫻花了一些時間，才弄懂第二件事：她們正在討論語言學習。這話題勾起了陳勻嫻的興致，她左右張望，想找個位子坐，但唯一的座位離蘇若蘭好近，思索了一下，她決定站著。

「她最近開始上正音課了，」蘇若蘭指了指陳馨語，「她到現在還不會ㄅㄆㄇ，我只好給她找了一個家教老師，一小時一千二，讀語言學，正統是正統，問題是，小孩根本不受教。」

蘇若蘭誇張地翻了個白眼，「她根本是在浪費我老公的錢，課愛上不上的，有時候老師已經在門口脫鞋子了，她卻給我躲在鋼琴底下，不肯出來。我幾乎快被她氣死！」

「我兒子還在中班的時候，我就有特別找老師加強注音了。」一個太太加入話題。

「我就知道，我果然太晚起步了！」蘇若蘭揉了揉額角，「我怕再這樣下去，真要被我老公說中，我們女兒之後就懶得寫中文了。她現在，說中文還算甘願，要她寫，像是要她的命。」

陳匀嫻暗暗地張嘴，有這種困擾？

她決定靜觀其變，這個場合，若是老實地講出自己教小孩的瓶頸，搞不好會引發不必要的效果。她的煩惱與蘇若蘭相反，她想剔掉楊培宸說英文時的台灣腔。即使幼稚園的導師不斷地說服她，「James 的英文已經夠好了」，她還是暗自不滿，好是一回事，自然是另外一回事。

有位太太對這話題蠢蠢欲動，她殷勤地說起兒子當初是如何練習ㄅㄆㄇ，「小孩子有時候不可以太寵」，她的腔調有著老一輩的慎重其事，陳匀嫻覺得這太太有些眼熟，沒誤會的話，應該是公司葉經理的妻子，葉經理跟蔡萬德是舊識，但他今天不會到，他去香港出差。

「我們家老大，當初也是吵著說中文筆畫太多，不肯寫，我逼他坐下，陪他一個字，一個字慢慢描，他寫到一半，發脾氣，故意給我寫英文。我跟我老公說，我管不動了，你們姓葉的都一個硬脾氣，你自己來管。」葉太太頓了頓，確定大家都在看她，「我老公的個性，之前說過吧，軍人家庭出身的，雖然在美國待了七、八年，骨子裡還是中國人，才不信愛的教育那一套。妳們要不要猜猜，他是怎麼跟我兒子談的？」

「不要賣關子。又不是小朋友。」蘇若蘭聳聳肩，倒回沙發上。

阿梅放下了托盤，把茶杯一個一個端上，請大家喝茶，午餐快準備好了。

蘇若蘭伸手欲取，翹起的無名指上，有碎星在閃爍。

「妳就日行一善，直接告訴大家嘛。」另一個太太打起圓場。

見眾人興致缺缺，葉太太識相地揭曉。

「我老公真的很聰明，他直接跟我兒子說，再不乖乖上中文家教，就把他轉到附近的公立國小。我兒子一聽到，整個人嚇暈了，小朋友嘛，最怕跟朋友分開了。我看這招似乎有用，又補了一句，公立國小的小朋友只說中文，你去那邊，講英文沒有人知道你在說什麼，老師的英文都還比你差，到時候看你怎麼辦！」

葉太太的語氣很具有煽動力，蘇若蘭笑了，其他女人也一團和氣地笑了。

陳匀嫻扯了扯嘴角，做出一個要笑不笑的神情。她扭了扭身子，調整重心，一直站著，她的雙腳有些發麻。當然，她知道久站不是最主要的理由，她的倦意也來自於，就在剛剛，她的自尊心被輕輕地踢了一腳。楊培宸也要去公立國小了。

葉太太的言語令她覺得自己矮了一截，她想著想著，不自覺漲紅了臉。

若當初，那戶位在信義區的公寓沒有被騙走，她現在一定也是扮演著葉太太的角色，毫不害臊地說著這種半是埋怨半是炫耀的話語吧。

◇

婚姻，是一段非常冗長的對話。

很多人會問，要共同走入婚姻的對象，至少要具備什麼樣的特質呢？陳匀嫻認為，至少，要確信你們簽字時，雙方都掌握全局。夫妻這身分關係，像是把兩個人綁在同一條船上，船是駛入風暴？駛向豐盈的大陸？沒有人能預知。若其中一方在簽名時，是基於錯誤的資訊，當風浪咬上這條船，他的心中怎麼可能沒有恨？

陳匀嫻大學畢業在即之際，楊定國的家中失去了安寧。

楊母夜間盜汗與容易疲累的問題持續好幾年了，她沒就醫，以為是更年期，自己買了一些中藥吃，直到症狀日益明顯，做了抽血檢查，才得知是血癌。楊定國問醫生，可以治療嗎？治療後，還能活幾年？醫生答覆，先住院，安排化療，之後的效果只能再看看。

楊定國講述這件事的同時，也一併告知了父親的期望：有沒有考慮安定下來。

「可是，我還沒有心理準備，這麼早結婚。」陳勻嫻回答。

「我知道這實在是太突然了。妳會抗拒，我能理解。」

「不，我不是要拒絕你，只是、只是我……」

「妳怎麼樣？」楊定國見有一絲希望，心急地追問。

「我不確定自己能不能說服我爸媽，你知道的，我姊很早就結婚了，他們到現在還沒有真正放下。他們雖然沒有明講，但我猜，他們希望我畢業後，先回雲林找工作，陪他們一陣子……」

「那妳呢？小嫻，妳怎麼想？妳想要回去嗎？」

「我當然想留在台北啊……」

陳勻嫻原先的計畫是，先工作兩、三年再結婚。即使楊宜家偶爾會調侃，要陳勻嫻「多試試幾個」，陳勻嫻卻未曾有過這打算。她很滿意跟楊定國的關係，楊定國喜歡慣著她。畢竟陳勻嫻與他溺愛的妹妹同齡，楊定國沒辦法對她認真地發起脾氣。除此之外，陳亮穎的話也悄悄地滲進她的心防：楊定國是個難得的好對象，妳要把握這機會。

陳勻嫻硬著頭皮，打了通電話回家，她拋出楊母的病情，先測試母親的反應。

「那他們家現在還好嗎？」簡惠美充滿同情地慰問。

「還好，只是說……定國的爸爸提出一個建議，想徵求妳跟爸爸的意見。」

「什麼建議？」簡惠美的語氣有了防備。

陳勻嫻猜想她應該就此打住，回家時再親口說出，可是她也不想再背負這件事的重量，下一秒，她脫口而出，「他希望我跟定國先結婚，讓定國媽媽可以安心。」

母女倆對著話筒沉默良久，簡惠美再次開口，語音顫抖。

「這個家是有多差？姊姊離開了，妳也不想待。」

「媽，」陳勻嫻胸口泛起一片脹疼，「這件事跟家裡沒有關係，是定國的媽媽現在病危，還沒有等到合適的捐贈人。妳見過定國，就會知道為什麼我會做出這個決定了。況且，定國家現在有難關，我如果置身事外，定國媽媽又有個三長兩短，我跟定國的感情怎麼辦？定國的爸爸會怎麼想？他們以後會真心接納我嗎？」

語畢，陳勻嫻有點被自己的表現給嚇到。她沒有意識到自己這麼在乎。

「他們家是做什麼的？」

陳勻嫻如釋重負，事情有了曙光。

「定國的爸爸以前在投顧公司當高階主管，媽媽是國小老師。兩人都退休了。」

「妳嫁進去住哪裡？他們家房間夠嗎？」

「他們家在台北有兩間房，一戶自住，一戶目前在收租。定國的媽媽說，我們要結婚的話，要把出租的那間收回來，作為我們的新房。」陳勻嫻見母親態度軟化，趁隙又補了一句，「媽，妳自己也知道，台北的房子有多貴……他們很有誠意了。我去哪裡找這種對象？」

簡惠美嘆了一口氣，「好吧，我知道了，我再跟妳爸爸說，先讓他有個心理準備，妳哪一天要帶定國回來給我們看，快點決定，決定好了跟我說。」

勝利的滋味來得洶湧且突然，欣喜之餘，陳勻嫻冷不防地感到惶恐。

嫁給楊定國，是一個正確的選擇嗎？她真正理解楊定國嗎？她又是真正理解婚姻嗎？掛上電話後，陳勻嫻想著想著，不知不覺喉嚨發緊，沒有預期中的興奮，反而多了些意料之外的沮喪。她給自己打氣：陳勻嫻，妳別再杞人憂天了。妳比多少女人都幸運，妳甚至比陳亮穎還幸運，高學歷又脾氣溫和的丈夫，台北市中心的公寓，坪數夠大，最完美的是——只住兩個人！

婚禮過後，陳勻嫻先搬進去楊家。這跟答應好的不一樣，她可以、也願意諒解。楊母病得更重了，此時離開並不厚道。她負責照顧楊母，依照醫生囑咐給她調配飲食，陪她上醫院接受化療藥物的注射，抽血回診，以酒精擦拭、高溫煮燙使用的器皿。每一夜，閉上眼睛，陳勻嫻都覺得自己的周遭像是被灌滿了水泥，而她卡在其中，動彈不得。

好累。照顧病人好累，進入別人的家庭，以一個內部成員的角色生活也好累。

楊宜家跟她道過歉，她自知女兒的責任不應由陳勻嫻承擔。話鋒一轉，她又自怨自艾。

「我太沒用了，我會趕快考上教師，讓妳可以喘一口氣。」

「沒關係，妳先認真準備教師考試，我還可以。」

這句話有多少的真情？多少的客氣？陳勻嫻自己也不確定。

日子又過了半年，楊母的願望實現了：陳勻嫻有了身孕。從醫生口中確認這個消息時，陳勻嫻比想像中的還要喜悅，她以為，會有人顧慮到孕婦是不能照顧病人的。可惜的是，她的期待落空了，除了一句來自楊定國的「妳辛苦了」，她沒有得到任何實質的協助。對此，楊定國提出了一個讓人哭笑不得的說法：媽媽習慣給妳照顧了，請看護她會很彆扭。

陳勻嫻無言以對。她尋思過，楊定國對於這段婚姻應該是滿意的，而她應該要因為丈夫滿意，也跟著對這段婚姻產生認同感。只是她辦不到。簡惠美打電話給她，問她「最近過得好嗎」，是陳勻嫻最悲傷的時刻，怎麼可能過得好？為了攙扶楊母，她用力過度，一躺到床上，肢體痠痛，彷彿有人抓著她的脊椎用力地上下搖晃，而楊母因為病痛加劇而發出的呻吟，也讓陳勻嫻連帶地暴躁起來。**吵死人了！可不可以安靜一下，我知道妳很不舒服，但是一直哀鳴，除了讓照顧者覺得負擔以外，並沒有任何功能啊**。她屢次想要這樣吼回去。可是她沒有縱容自己的慾望凌駕了理智，一次也沒有，她緊捏著自己的大腿，克制那翻騰的衝動。

想一想未來吧，想一想眼前這形銷骨立的身體告別人世後，妳的丈夫會補償妳的。你們會重新裝潢、粉刷那戶公寓。並在別人問起時，漫不經心地回答：啊，對，我住信義區，信義威秀附近，你知道是哪嗎？對方若夠上道，八成會眨眨眼，嘴巴微微開啟：那裡不是一坪上百萬嗎？這時，千萬要沉住氣息，要維持先前的從容，以穩定的聲線回答：我丈夫家很早就買了，那時候的價位還可以負擔啦。緊接著，什麼也不用做，等待對方以羨慕與憧憬的目光注視自己即可。

想想這些閃爍著金色光芒的對話吧，只要這麼想，就覺得眼前的痛苦，是可以忍受的。

正因為希望太多，帶來的反作用力也恁地可怕。楊培宸滿月不久，楊母在家人的陪伴下，嚥下了最後一口氣。楊母閉上眼睛的那個剎那，心酸交織著解脫的感受充滿著陳勻嫻的全身。告別式一結束，陳勻嫻不無委屈地跟丈夫撒嬌，催促楊家也該履行承諾了。一方面是渴望自立，一方面是她再也不能容忍公公楊一展驚人的生活習慣。楊一展給妻子寵壞了，走到哪，垃圾扔到哪。雖已退休，還是愛跟著老友酒敘，飲酒回來，就直接睡下。從前他睡在主臥，之後怕干擾到妻子，不曉得哪一天起，他把一件毛毯放在沙發上，再也不回房睡了。汗氣、人睡著時會散發的氣味，併發出奇異的酸鹹氣味，從此瀰漫在客廳間。楊定國曾在妻子的告饒下，鼓起勇氣請父親定時洗澡，楊一展置若未聞，照樣過他的生活。

陳匀嫻的忍讓，楊定國都看在眼裡，他天真地去跟父親商量，母親逝世了，他們該依照原定計畫，遷出自住，請父親跟房客收回那戶公寓。

萬沒想到，楊一展雙手一攤，坦承：那戶房子於近日要被法拍了。

說到這，楊一展也有氣，數年前，他聽從一位老酒友的邀約，投資了對方牽線的養生飲料事業，他信了對方的說詞，月繳一萬，一個月可回收一千，一開始，楊一展都按月領到錢，嚐到甜頭後，楊一展便以那公寓為抵押，貸了一大筆現金，加碼投入，坐等一夕暴富。誰料某一天起，再也領不到錢，才驚覺上當受騙，幾個主要幹部早已出逃海外，而那位酒友自己也是受害人。楊一展無力清償貸款，只能任銀行法拍。

「那可是近三千萬的數字啊……」楊定國哀嚎出聲。

「你以為我就不難受？否則我為什麼這半年要借酒澆愁？光是你媽媽的癌症，我會變成這樣？那可是我前半輩子的血汗錢換來的房子！」

「你這樣，要我怎麼跟小嫻交代……她一直以為我們會搬進去……」

「你問我，我問誰？我也很想問天啊！活到一大把年紀，為什麼不能安享晚年？」

「爸，你搞清楚狀況。我們承諾過人家了，事情變成這樣，我怎麼跟小嫻的爸媽交代？他們若想來台北看房子，我去哪裡生一個家？」

「什麼叫作我搞清楚狀況！你才沒搞清楚狀況！那房子是靠誰的努力才有的？現在是怎樣？兒子跟老子興師問罪？你與其在這邊跟我大小聲，不如想一下怎麼靠自己。我跟你講白了，我手邊還有一、兩百萬現金可以給你們安家，你再跟我吵，一毛也沒有！」

陳匀嫻知情時，驚愕地摔掉了一罐精華液，玻璃瓶身碎成片片，柑橘調的香氣奔騰在空氣間。她恨嗎？她當然恨，偏偏楊一展聰明得給自己留下了後路，那一、兩百萬的現金，形同長出牙齒，惡狠狠地咬住了他們夫妻倆。她看著哭出淚水的丈夫，能怎麼做？還能怎麼做？他們結婚不久，孩子也才剛出生，她憤恨地流出淚水，就這樣了嗎？

「爸說的也沒錯，那本來就是他親手賺來的，事情只是回到原點而已。」楊定國蹲下身，注視著軟倒在地的妻子，眼中帶著一絲膽怯。「況且，假設爸給我兩百萬，加上我的存款、我的收入，難道沒辦法自己買一間嗎？對，短時間內我們會有房貸的壓力，可是小嫻，相信我，事情沒那麼悲觀。……不然這樣，我們先搬出去住好嗎？我知道，妳現在無法與我爸共處一個屋簷下，至少這是我能做的，只希望妳不要在意房子的事……」

陳勻嫻木然地瞪著那張忙於討好她的臉，這個曾經讓她以為，自己可以什麼事情也不用擔憂的男人，如今在懇求她的諒解。有一張膜開始結起，橫亙在她與楊定國之中，她看不清楚，也聽不清楚周遭所發生的種種。幾秒後，她聽見自己的聲音。

「那就這樣吧。」

◇

人果然不能忍受委屈。陳勻嫻以為，透過時間的長久，自己已漸漸不在意，殊不知傷痕始終在原地，未曾褪去。掐指一算，六年了，六年前的恩怨，信手拈來，不費吹灰之力。她的臉孔從哀傷轉為漠然，強打起精神，好讓自己置身當下。

女人們討論起各所私立國小的利弊，哪一間師資好；哪一間雖是老字號，管教上卻也是出了名的嚴苛；哪一間盡善盡美，偏偏敗在地處偏遠。陳勻嫻旁觀地聽著，沒有太上心。

這些機會與選擇都不屬於楊培宸。

看房子時，仲介一看到他們抱著孩子，隨即把推銷的重點置放在學區上。仲介言帶保證，該物件的地段很好，到高中都是明星學校，父母很省心。在楊培宸進入大班前，陳匀嫻始終以為，楊培宸絕對會就讀那所公立國小。這個想法，在楊培宸即將升上中班時，變得更加確實。楊培宸的導師曾脫口說出，班上有個小女孩，父母正無所不用其極地要把小孩遷來楊培宸的學區，聞言，陳匀嫻當下帶點驕傲地想，相較起來，我真是提早規劃的聰明母親，心念一轉，她忍不住以一種高傲的姿態去審視那對父母，小孩子都中班了才緊張學區的事，心臟未免太大顆了吧。

但，楊培宸進了大班之後，陳匀嫻又有了不同的思維。她固定追蹤了幾位親子部落客，一日，她不安地察覺，這些部落客們，至少，她特別欣賞的幾位，都把孩子往私立小學送。她們的理由讓陳匀嫻心中一凜：**我們應該對孩子未來要接受的教育品質更用心**。

這句話敲進陳匀嫻的內心，她既像是被訓責，又彷彿深受鼓舞了。此語不假，作為父母，不應總是如此被動、如此理所當然。

陳匀嫻一頭鑽進這個議題，她走得越深，便越是相信，自己差點就疏怠了兒子的人生大事。小學整整有六年！別的不講，光提她最在意的下課時間。公立國小低年級，只有星期二是全天課，三點半放學，其餘的週間都是中午十二點半左右便放人回家；非得等到孩子升上高年級，才有較多的天數是全天班。孩子放學與父母下班間的空白，如何彌補？陳匀嫻趕緊發文詢問一些家中有大孩子的媽媽，網友們踴躍回應，熱心分享，過程中自然免不了一些隱私的刺探。

「你們跟長輩一起住嗎？」

「沒有，我婆婆在我們婚後不久病逝了，我公公跟小姑一起住，小姑跟我一樣，準時上下班，我公公身體不好，這幾年還開始有失智症狀，不能幫忙照顧小孩。」

「也就是說，婆家那邊沒有後援了。好吧，那娘家在哪裡呢？」

「我爸媽在南部。」

「娘家也沒有後援啊……這樣子的話，妳只能祈禱找到好安親班了。」

好的安親班哪裡找？十一點多，陳勻嫻翻開筆電，一所一所地搜尋，不查還好，一查實在讓人懊喪，再怎麼聲譽良好的安親班，還是能翻找到一、兩篇負評。有的媽媽寫道，她帶著女兒，在好幾所知名安親班之間試讀，半年後才終於穩定。理由很簡單，每一所安親班的風氣不同，教師的流動也得納入考量，只看前人的文章，並不完全準確。

另一個陳勻嫻愛戴許久的親子部落客立場更激進，她認為：安親班是走投無路時的選擇，她寧願找幾個志同道合的朋友，組織共學團，聘請專業的家教老師，以控管教學的品質。共學團？誰有心力搞這些玩意兒？她有可能只付錢，但不出力嗎？這麼做，其他媽媽會不會認為她是在「母職外包」？訊息大量湧入，陳勻嫻頭疼起來，她徹夜沒睡，只為了在不同組合之中求得最佳解。此際，私立國小的課後輔導，看起來很是誘人。師資整齊，場地完整，出了事絕對找得到人負責。若將公立國小的學費跟安親班的費用相加，與私立國小學費的差距立即縮短了不少，若再把教育品質考量進去，陳勻嫻迷惘起來，把楊培宸送進公立國小，是一個正確的選擇嗎？她尋找著另一個可能，卻很快地驚覺此路早已不通。聲譽良好的私立國小，只願意收附設幼稚園直升上來的小孩。楊培宸並不符合資格。陳勻嫻碰得一鼻子灰，心中生起疑竇，她想起楊培宸在幼稚園的一個同學，明明不是某所國小附設幼稚園出身，卻準備就讀那所學校。她曾拜託幼稚園導師牽線，找出「特殊管道」。對方的回覆很含蓄：

「妳有沒有認識什麼有力人士？」

陳勻嫻茫然了，有力人士？她想到的名字中，最端得上檯面的，是公司主管葉德儀。縱使葉德儀願意，陳勻嫻也不會蠢到讓她介入。這跟去借高利貸沒有兩樣，借五毛勢必得還一塊的。倘若她跟葉德儀要了這份人情，她可以預見，不遠的將來，這份人情將滾成雪球大，再冷冷輾過她。

她這邊不行，楊定國那邊呢？若楊一展的腦袋還清楚，說不定請得動一些過往商界的舊識，但老人家現在連自己的午餐吃了沒都記不清楚，這條線不能指望。陳勻嫻失眠一個禮拜，第七天她放棄了，好，就順其自然，讀公立國小吧，終究沒有讀私立的命。這個結局令她沒來由地產生一種對不起楊培宸的微妙心情，她安慰自己，沒關係，不過是恢復了最初的計畫，了不起日後選擇安親班時戒慎一些、嚴謹一些便罷。

所有的排演與思量，陳勻嫻都沒讓楊定國知道，這對她沒有好處。楊定國若知情，只會淡淡地說，放輕鬆，不要為孩子操心這麼多。陳勻嫻之前被這種態度給激怒過幾次，年輕時她很喜歡楊定國這種隨遇而安的恬淡，她曾以為，那是身處中產階級所培養出來的餘裕與悠哉。後來她逐漸體會到，這種特質，換一種解釋方式，就是太過小心翼翼，欠缺冒險的膽識。

若你問他，為什麼讀公立國小？他勢必會回答你，為什麼不？

◇

如今站在這客廳，聽著這些貴婦媽媽無意的閒談，陳勻嫺的傷心往事又給翻上表面。方才，她悄悄地觀察兒子跟蔡昊謙的互動，蔡昊謙有時候習慣以英文表達，楊培宸大致上聽得懂，能應付，也會回一、兩句英文。她感到欣慰，又覺得揪扯，此時兩人還在同一水平上，六年之後，誰可以擔保，不同的教育系統所教養出的孩子，還能如同現在毫無藩籬地談話？

陳勻嫺保持站姿，轉身注視窗外，時間默默流轉，天空有了陰翳，落進室內的陽光斂了不少。

她看了一眼壁上的鐘，該回來了吧。似乎是要驗證她的想法，玄關傳來騷動，男人們進屋了。

陳勻嫺大步走向玄關，她真不想承認，上一次因為看到楊定國而興奮不止，恐怕是數年前的往事。儘管如此，她很高興，她需要有人加入這一切，她熟識的人。

蔡萬德的球衣潔白如新，他笑，滿嘴齊白的牙齒，「大家午安，不好意思，遲到了。」楊定國跟吳副總跟在後面，前者身上掛著兩個球袋，滿臉通紅。

梁家綺迎上前去，作勢調侃，「明明說今天只打一會的。」

蔡萬德頭也沒抬，專注地解開揹帶，「今天手感好嘛，Steven，你快幫我說話。」

「對啊，今天總經理的手感特別好，連抓兩隻小鳥。」

「Chris 呢？」蔡萬德左顧右盼，「我們今天最重要的小壽星在哪？」

「在房間內跟 Steven 的兒子玩呢。」梁家綺說。

「哦？」蔡萬德眉毛揚起，伸出粗壯的手臂，拍了拍楊定國的肩，「Steven，你看你們這對父子真是盡責，大的陪大的玩，小的陪小的玩。看來，不給你加薪了說不過去啊……」

不管是不是玩笑，只要出自老闆，都值得嚴肅以對。

陳匀嫻與楊定國交換了視線，後者眉毛一揚，相信自己的策略有了進展。

蔡萬德輕手輕腳地穿過了走廊，往兒子的房間走去，陳匀嫻的心底掠過一絲警覺，若蔡萬德走到房間門口時，楊培宸忘記她的交代，又做出一些不合宜的肢體動作……她不敢想像。

她像是寓言中那聽到笛聲的老鼠，飛快地跟在丈夫的老闆後面。

蔡萬德停下了腳步，倚著門框，不發一語，陳勻嫻一跟上，幾乎是同一瞬間，她理解了蔡萬德的沉默。蔡昊謙把半身高的書擱在自己腿上，楊培宸肚皮貼地，雙手撐著自己的臉，嘴巴微張，聚精會神。很難想像，他們才第一天認識，竟如此投契。

蔡萬德清清嗓子，低聲喊，「Chris。」

兩個小孩同時轉過頭來。

蔡萬德走上前，蹲下身，揉了揉兒子細軟的頭髮。

「生日快樂，你高興嗎？」

「高興。」

蔡萬德轉頭看著楊培宸，目光柔和。

「你是培宸吧？你爸爸很常在公司說到你，你覺得我們家好玩嗎？」

楊培宸不是個怕生的孩子，但他從蔡萬德身後，母親緊抓著門沿的模樣，感覺到眼前這個人身分特殊，他繃起臉，一下子變得很羞怯，沒有搭話。

「培宸，人家蔡老闆在問你問題啊。」陳勻嫻不禁出言催促。

楊培宸茫然地點點頭，「好玩，這裡很好玩。」

「老公，你先去換衣服，不要把汗味帶來這裡啦。」梁家綺也湊過來，「肉醬也搞定了，披薩還要烤一下，我先上義大利麵。老公，你不是有叫他們帶換洗衣服嗎？我剛剛讓阿梅準備好他們的毛巾了，你去跟他們說浴室在哪裡，順便講一下淋浴柱怎麼用，不要按錯鈕了，那個恆溫控制的不要轉到。」

原來這裡有三間浴室，陳匀嫻又驚訝了一次。

蔡萬德扶著膝蓋，站起身子，「Chris，你要照顧你的新朋友喔。」

「好。」

「跟他說，媽媽的義大利麵是全世界最好吃的義大利麵。」

「我知道啦。」蔡昊謙的語調有些不耐煩。

蔡萬德一走遠，陳匀嫻後知後覺，她跟梁家綺站得好近。她可以清楚看見梁家綺手上的青筋。

「Chris 好喜歡你們家培宸，他不會跟第一次見面的小孩玩成這樣。」

梁家綺的笑容很誠懇，卻不知怎麼地也有點虛弱。這樣的想法只是一閃而過，陳匀嫻瞇起眼，想驅散這古怪的念頭。她看著梁家綺，直覺告訴她，梁家綺的話還沒說完。

但梁家綺只是輕鬆一笑，對著孩子們大喊，「好了，孩子們，出來吧。要吃午餐了！」

披薩，番茄肉丸子義大利麵，萵苣上頭撒了橄欖、葡萄乾與腰果，萵苣的邊緣則有龍蝦點綴。大人風味的烤肋排，一咬開，嘴巴都是肉汁的香氣，卻沒有豬肉的腥味。餐桌正中央，是一籃法國小餐包，梁家綺昨天預約，囑咐店家一出爐直往這裡送，麵包用布巾包裹著，用手指撕開時，指尖可以感受到些微的餘溫，小麥跟香草的氣息竄入鼻竇。吃到一半，阿梅過來放下一只小碟子。梁家綺說明，之前準備過這家的麵包，因為太好吃了，很多人問可不可以只吃麵包，但她覺得乾吃太刮嘴，這次要阿梅弄了檸檬乳酪醬，讓大家可以自己搭配使用。湯品則是大人小孩都熱愛的海鮮濃湯。席間，有太太問梁家綺，橄欖油用哪一牌的？嚐起來的果香比她家的還清爽。梁家綺以惋惜的口吻回覆，她在歐洲的朋友，有緣認識一位莊園的主人，他每年會親自揀選品質最好的橄欖來取油，取出的成品只送不賣。梁家綺的手邊也只有兩瓶，她自己也是挑場合使用。

美食佳餚若沒有餐具的幫襯，氣勢也失了一半。梁家綺顯然是 Wedgwood 的忠實愛好者，絲綢之路系列她幾乎擁有全系列的產品，從沙拉缽到中式湯碗、方盤。看那繁複的手繪花邊，陳勻嫻在心中輕嘆，她也喜歡 Wedgwood，但她的喜愛並無法讓她忽略那可怕的價錢。

她一邊吃，一邊心不在焉地想，這些好吃到讓她想舔手指的菜餚，都是梁家綺一手規劃的？會不會是她在超市買了半成品？回家再以自家廚具做加熱與調味？說到廚具，她有聽到梁家綺回答另一位太太的問題，那位太太膩了自家的廚房，跟老公商量打掉重做，問梁家綺建議，梁家綺給了一個名字，bulthaup，沒聽過，陳勻嫻默默記下，返家後，她要上網查詢這牌子的來歷。買不買得起是一回事，講得出這個牌子，就有了三分樣。

蘇若蘭撕開麵包，她不要阿梅的檸檬乳酪，她正在嘗試所謂的地中海飲食，所以叫阿梅給她準備另一個小碟，放橄欖油跟紅酒醋。陳馨語笨拙地把義大利麵塞進自己的嘴裡，她不太會用叉子，叉子在她手上，一副隨時會掉落地上的樣子。楊培宸吃得滿臉都是披薩的餘粉，陳勻嫻抽了衛生紙，給兒子擦嘴，楊培宸討著要陳勻嫻給他裝義大利麵。

陳勻嫻喝了一口現榨果汁，有些尷尬地發現，自己還可以再吃下一整盤義大利麵。梁家綺使用的番茄，不知從哪裡買來的，香氣特別濃烈，讓人意猶未盡。

平心而論，梁家綺滿足了每個人的味蕾。陳勻嫻想起自己也給楊培宸辦過生日派對，一次，就一次，規格完全不能跟這場相提並論，她只是動動手指跟嘴巴，打了電話，叫了披薩跟炸雞桶，還為那些同學們的媽媽泡了一壺花草茶，以免她們不想喝披薩店附贈的可樂。除了蛋糕，她還買了好幾袋手工餅乾，切了四、五種水果，以免有人不滿，認為垃圾食物的比例太高。

同學們一走，她一邊收拾，一邊計算著開銷，這般陽春，也花了四、五千，還不包含楊培宸要帶去幼稚園發送的小禮物，哦，還有小禮物。自從有一位媽媽，在兒子生日當天，送了全班一人一份文具組，其他的媽媽們隱約受到了刺激，接力送出更精心、更特別的小禮物，陳匀嫻很想視而不見，偏偏她又沒有這種勇氣。當晚，她告訴兒子，從今以後，生日派對跟生日禮物二選一，不可以兩個都要，做人要懂得知足。

過一年，楊培宸選擇生日禮物。至於今年……陳匀嫻不動聲色地估量著狼吞虎嚥的兒子，她不確定，見識過 Chris 的生日派對後，培宸是否會在心態上產生改變。

蔡萬德以家居服再度現身，髮梢飄散著木質調的清爽香氣。不久，楊定國從另一方出現，陳匀嫻稍稍伸長了脖子，看向丈夫，她旁邊有個位子。楊定國正要走向陳匀嫻時，蔡萬德舉起手招呼，Steven，你來坐我旁邊，我們待會說話方便。老闆的命令，楊定國不能不從，旋踵改變方向，一屁股坐在老闆身側。梁家綺從廚房端出新的麵包，她的位子給楊定國坐去了，她從善如流，緊挨著陳匀嫻坐下。蘇若蘭抬頭看了一眼，視線停在陳匀嫻身上，又晃過去梁家綺身上。陳匀嫻想捕捉她的目光時，蘇若蘭又匆匆轉身跟隔壁的葉太太寒暄。

蔡萬德、楊定國跟吳副總自成一圈，他們大口吃喝，討論美股的走勢，英國脫歐對於歐元匯率的影響云云。蘇若蘭在介紹她採用地中海飲食的成效。

「比我之前吃酵素還有效，我現在常跑廁所，我老公說我皮膚好像變好了。」她喃喃道。

「飲食很重要是沒錯，」一位太太加入話題，「可是我覺得好慢，我到後來直接投靠醫美。妳們看，我現在下巴的線條，是不是很緊？三個月前打的，效果現在最好。」

「對，我剛剛也想問妳，下巴怎麼變那麼緊，」葉太太的手橫過桌子，摸了摸說話者的下巴，「不曉得是不是年紀有了，我覺得我從下巴到脖子這裡的肉，鬆垮垮的，我之前也有做醫美，效果不怎麼樣，我老公說我是在浪費錢。」

「那是因為妳沒有遇到真正的行家，我把那個醫生的電話給妳，他很不好約，很多大陸、香港的藝人都指定他。他本人來打，一次要二十萬，妳報我的名字，有優惠。」

話題轉眼間走到了陳勻嫻難以插話的領域，她啜了一口現榨果汁，再一口。

梁家綺搭腔了，她問大家還要不要來點義大利麵，肉醬還有剩，阿梅可以再煮。

蘇若蘭搖搖頭，「我今天已經失控了，不能再吃了，這麼多澱粉容易胖在腰跟屁股。」她慎重其事地撫摸著肚腹，陳勻嫻忍住嘴角的抽扯，蘇若蘭其實瘦得要命，她是在場最瘦的人。

葉太太望著梁家綺笑道，「好，當然好，這麼好吃的義大利麵，誰想錯過？」

其他女人們順從地用力點頭，對於梁家綺的好手藝讚聲不絕。

阿梅雙手交握，站在吧檯那，她站得直直，眼神不住地朝大桌子飄來。梁家綺使個眼色，阿梅一下子來收走空盤，一下子問大家要不要再一些果汁。太陽傾斜，話語聲漸趨低微，大人們疲態漸現，咬字越來越糊。蔡昊謙走到梁家綺跟前，問說他可不可以帶孩子們去遊戲間，梁家綺起身打電話給櫃檯，請對方設好空調，孩子們即將使用三樓的遊戲間。

「給孩子們消化一下也好，待會再來吃蛋糕。」梁家綺說。

女人們茫然地點頭，像是動物園下午時分的動物。太多精緻的食物在她們的胃袋滯留。無論梁家綺說什麼，她們都很難拒絕。陳勻嫻以為梁家綺一定想跟著孩子們去，但她猜錯了，孩子們一進了電梯，梁家綺便回到屋內。孩子們不在，她看起來更加愉快了。

◇

蘇若蘭跟葉太太和其他兩位太太聊起來，陳勻嫻豎耳旁聽了一陣子：蘇若蘭打算在寒假時帶陳馨語去日本，在東京迪士尼跟大阪環球影城間拿不定主意，想請大家給她意見。

「東京迪士尼，她去過兩次了，滿喜歡的，是安全牌，就是沒有新鮮感。環球影城，我們還沒去過，優點是可以去京都，只是怕小孩子沒那麼喜歡。」

男人們聊得更加勤快，楊定國跟吳副總都想把握時間，加深老闆對自己的印象。在梁家綺的暗示下，阿梅送來幾瓶啤酒。陳勻嫻瞄了一眼，美式的。楊定國顧慮著待會開車，沒碰，吳副總說他妻子能開車，遂放心地扭開拉環，仰頭一飲。現在，除了奶油跟麵粉的味道，空氣中多了一股水果的酸氣。蔡萬德低聲啐了一句，陳匀嫻沒聽到，從楊定國臉色一亮判斷，該是個好消息。

陳匀嫻默默把椅子搬得離他們更近，才重新坐定，梁家綺從吧檯中走出，在她面前放下了一杯蜂蜜色的液體，她的右手握著另一杯。阿梅端著一個大托盤，上面擺了數杯相同顏色的液體。

只有自己的這杯是梁家綺親自拿來的，陳匀嫻有些不知所措。

她下意識地往旁邊縮了些，讓出更多的空間給梁家綺。

「謝謝。」

「這是日本來的酵素液，加了膠原蛋白，妳喝喝看。」

陳匀嫻點了點頭，即使很飽，也撐著喝了一大口。

「之前聽 Steven 說過，妳不是台北人？」

「對，我老家在雲林，讀大學時才上來台北的。」

「雲林？雲林哪裡？」

「崙背那裡，很小的地方，沒幾個人知道。」

梁家綺偏著頭，陷入沉默，沒有再接下去。

這樣也好，陳勻嫻鬆了一口氣，提到自己的家鄉，總有人冒失地追問，離六輕很近嗎？那空氣汙染是不是很嚴重啊？這種問題常讓陳勻嫻疲憊不堪，她很慶幸梁家綺並不關心。

「妳父母也是雲林人嗎？」

「我爸是，我媽從高雄嫁過去。」

「哦，原來如此。他們也在銀行業嗎？」

陳勻嫻遲疑了一下，疑心頓生。她可以察覺到蘇若蘭隔著距離在觀察她們這裡的動態。她有些緊張，該說出實話，還是要敷衍帶過這個問題呢？想了想，她勉為其難地回答。

「喔不，他們、呃……算餐飲業，有一間自己的小吃店。」

「哪一種小吃？」梁家綺眼神一閃，「我也很喜歡南部小吃。」

「就是簡單的陽春麵、餛飩麵，跟一些滷味之類的。」陳勻嫻看向楊定國，不是很確定丈夫是否喜歡她在這種場合討論自己的背景。楊定國在跟蔡萬德說話，神情熱切專注，整個人散發出不宜打斷的氣場。陳勻嫻心想，既然如此，也不能怪我了。

「真好，我小時候，總是嫉妒班上一個男生，因為他們家跟妳家一樣是賣麵的，牛肉麵，很有名，要吃得排隊很久的那種。我那時的夢想就是跟這個男生交換身分，這樣子，我就可以天天喝牛肉湯。我到現在都還記得他們家湯頭的味道！」

陳勻嫻看著梁家綺，片刻間無言以對，只好尷尬一笑。

蘇若蘭終於按捺不住，她換了個位子，在陳勻嫻的對面。

「妳們在這裡說什麼悄悄話？我也要聽！」

「勻嫻是雲林人呢，」梁家綺聲調愉快，「我們的朋友中，還沒有從雲林來的吧。」

「雲林啊？」蘇若蘭皺起眉頭，敷衍地扯了扯嘴角，「確實很少見。」

「哦，對了，Kat，我們剛剛討論到，也許明年寒假，一起帶小孩出國吧？」

蘇若蘭很快地牽走了話題，她說話時只看著梁家綺，彷彿陳勻嫻並不存在。

太久了，陳勻嫻想，她待在這裡太久了。她的體力跟精神流失得好快。她沒有心理準備，一場單純的生日派對，可以讓她這麼心神不寧。她變得很想回家。

這個派對該結束了，等孩子們回來，把蛋糕吃完，也讓梁家綺發完禮物。她當然有發現，那些盒子明顯地擺在一旁，彷彿在對賓客們招手。

她祈禱梁家綺別送太貴的禮物，她不想讓兒子患得患失。

◇

有一句話是，計畫趕不上變化。陳勻嫻的理解是：**你渴望的事情，都可能以各種方式離你遠去**。在規劃的當下，你也不是沒想過失敗的可能，但，也不知哪來的信心，你就是有把握，直至洪水來襲，你才恍然大悟，自己一直住在低地區。

以她個人而言，最經典的例子當然是那戶信義區的公寓，事隔多年，陳勻嫻仍可以喚起那股胸腔緊縮的悶痛。她跟楊定國曾自信滿滿，有那麼一天他們會搬進去。沒有房貸、車貸的壓力下，楊定國的薪水足以負擔他們一家人過上經濟無虞的日子。說不定，還可以考慮再生第二胎。楊定國渴望再生一個，他的觀念是，獨生子肩負太多了，兩個人的期望與憂心，都押在一個人身上。

第二個例子是，他們夫妻倆的職涯遠比預料中崎嶇。

楊培宸滿週歲時，陳勻嫻把記帳一整年的結果塞進丈夫的手裡。

楊定國打開簿子，眼珠盯著那些數字。

「我們存款累積得太慢了。再這樣下去，兒子都十歲了我們還在租屋。」

「那妳覺得，」楊定國問：「怎麼做比較好？」

「我考慮把兒子送托育，這樣子家裡會有兩份薪水，比較實際。再來，你的學長不是一直找你去他的公司嗎？你要不要考慮跳槽？學長現在的薪水，不是比你高很多嗎？」

楊定國哦了一聲，沒有顯露出太多情緒。

陳勻嫻心急起來，不自覺地提高音量。「你不要那麼安於現狀啊！這不只是你一個人的未來，也包括我跟你兒子的未來，兒子之後要讀幼稚園了，沒有全美的，至少可以去雙語的吧。我不想送他去公幼，一來很難抽，二來公幼又不教英文。是省錢，但犧牲太多了。」

幾天後，楊定國送出了履歷。三、四個月的斡旋與等待，他來到了蔡萬德的公司，職位不變，待遇跟原公司相去無幾，為楊定國牽線的學長說，關鍵在於發展性。一旦表現符合了蔡萬德的期許，他在分紅時是絕不手軟的，前提是楊定國盡快進入核心的位置。

學長給出一個數字，三年吧，他當初是在三年內做到的，他認為楊定國也可以做到。

陳勻嫻計算，悲觀一點，五年好了，五年後楊定國才做到學長所說的位置，薪水比照學長，那會是超過百萬的差距，那時，楊培宸也上國小了，他們會需要更多錢，去支持孩子的教育。

至於她自己，一找到配合的保姆，陳勻嫻全力投入銀行考試。早上八點，把楊培宸送去保姆家，她先去吃早餐，等圖書館開門。她不吃午餐，好爭取更多的讀書時間。五點一到，她起身收拾題庫與文具，先去接兒子，再去鄰近的菜市場張羅晚餐的食材。晚上，餐盤洗淨後，她會陪楊培宸說故事，唱兒歌，以及認簡單的數字。待兒子睡下，她從背包內抽出題庫，挑燈夜戰，直至十二點鐘。那一年，陳勻嫻很少跟楊定國說話，她感受得到，自己還在為了夢的破碎，反覆傷心著。她不止一次想著，為什麼楊一展拿房子去抵押時，沒有知會他們一聲？他們差點能阻止楊一展鑄下大錯。她更覺得楊一展欠她一聲抱歉，她對那公寓是有期待的，這份期待，不僅支持著她結婚的意想，也支持著她一肩扛下楊母的看護重擔。

她不願這麼想，可是她無法欺騙自己，實情是，知道信義區的房子飛了以後，她有股遭到詐欺般的悲憤。因此，不說話也好，各自忙碌也好。陳勻嫻寧願發了狠地拚命讀書，也不想要跟楊定國面對面好好長談。

時間還近，傷痕還新，他們最好不要靠得太近。

楊一展的事，陳勻嫻既沒有告知父母，也沒有跟陳亮穎訴說。陳亮穎生了一對雙胞胎，時常在臉書上更新一家四口連同公婆，出遊玩樂的照片。陳勻嫻本想傾吐自己的不幸，一看到姊姊跟姊夫，抱著稚子，在從基督城前往格雷茅斯的景觀火車上合照，她嚥下了所有想傾訴的語言。

放榜那天，看到自己的名字，以及數來的名次後，陳匀嫻握緊手，手放在胸口上，捶了兩下。這個家終於有好消息了，她轉身擁抱一旁焦急詢問的楊定國，這是在楊一展吐實失去房子以後，夫妻倆最親密的接觸。我考上了，陳匀嫻說，我們重新開始。

那時他們都以為人生再次就定位了，未能料及，彼此還有新的關卡要面對。

◇

新聞曝光後，陳匀嫻接到了很多人的關心。當然也有母親簡惠美的電話。若她記得沒錯，母親打來時，她跟楊定國正吵得如火如荼，楊定國一把抄起了電視櫃上的玻璃相框，怒目瞪著她，陳匀嫻不自主地打起冷顫，楊定國的眼神透露出：他要這麼做，他真的會把那個相框往地上砸。她進退維谷，該阻止楊定國，還是索性讓這個玻璃相框成為她的代罪羔羊？兩人之間的張力來到最高處時，電話鈴響，這場斡旋被迫中斷，陳匀嫻按下收聽鍵，旋即聽到母親焦慮地大吼，「到底是發生什麼事了，妳跟宸宸為什麼會上新聞？」

陳匀嫻再也承受不住，她托著手機，跌坐在地上，渾身發冷，不停眨眼睛。

有一句話是，不見黃河不掉淚。這句話只說了一半，人在見到黃河以後，除了掉淚，他們還會做出不少事情。像是，他們會想要找到浮木，或者是把更多人拖下水，讓自己不再是唯一一個得對於眼前的殘局負責的人。陳勻嫻抓起自己的喉嚨，她真想摀住耳朵，或者從當下她所處的位置徹底消失，如此一來，她不需要再承擔這些扭絞成一塊的感受：痛苦，羞憤，以及恨。

簡惠美執著地一再追問，「妳說話啊？妳怎麼不說話？宸宸還好嗎？妳跟定國還好嗎？」

陳勻嫻呆愣幾秒，猛地找到了反擊的方式，她大喊：「媽，妳可不可以先讓我冷靜一下，我自己都不知道發生什麼事了，我怎麼有辦法回答妳？我跟定國正在吵架，妳就先放過我，讓我跟定國吵完，再看要怎麼跟妳解釋，可以嗎？」

掛斷電話後，陳勻嫻注視著眼前怒氣騰騰的楊定國，渾渾噩噩地想，我只是按照自己得到的資訊，想辦法為我們一家人做出最好的安排，我何錯之有？任何一個人，落到我的位置上，就不會做出一樣的判斷？若有人跟我一樣，見證過暴雨與乾涸，絕望了這麼多年，即使心知眼前的綠洲可能是海市蜃樓，他們就真的能保證，不會為了這甜美的幻覺而喜極而泣？

◇

派對前一個禮拜

又來了，又來了。

整個下腹都扭轉成一團的痛楚又來了。

拉開抽屜，新表飛鳴與布洛芬近在眼前。陳勻嫻抬頭望了一下月曆，想確認此時下腹的抽痛，是因為剛才趕著吞下午餐，還是月經將至。

「這盒是什麼？」陳勻嫻還來不及阻止時，葉德儀已將那盒布洛芬抽出。她把藥盒舉高，搖了搖，半瞇著眼睛，凝視，喃喃道，「神經痛、頭痛、生理痛……」

葉德儀把藥盒放下，「這是在吃什麼的？」

「身體有時候會不舒服。」

「哦，妳月經要來了？」葉德儀的眼神緊盯著陳勻嫻的臉。

腹痛又一次襲來，好像有一隻手伸進去她的腹部，胡亂擺放她的臟器。

陳勻嫻抬起臉，正面迎上葉德儀的視線，「就有些時候，身體會怪怪的。」

很多人說，月經相關的症候群，上了年紀就會改善。不知為何，她反而在生了楊培宸之後，疼痛加劇。當然，她不會跟葉德儀說老實話。她很清楚，葉德儀有多麼反感，任何跟「年紀」和「小孩」相關的字眼。葉德儀四十幾歲了，未婚。傳聞她曾有論及婚嫁的對象，為什麼到最後沒有結婚？知情的人不多，且絕口不提。有一件事，倒是比較能公開地說：婚事告吹之後，葉德儀在工作上更加賣命。陳匀嫻進入公司的前兩年，葉德儀為了建置某一與洗錢防制相關的法規，配合外派美國的同事，晝夜無休，一天睡不到三小時。葉德儀在短時間內爬到現今的位置，很少人提出異議，只祈禱自己不要與葉德儀共事。這種把個人生命與公司繫在一起的上司，不僅是過勞死的高風險族群，底下的員工也很難倖免高工時的命運。陳匀嫻進來公司，沒有一刻是輕鬆的。

像現在，葉德儀才剛放下一個藥盒，又順手拿起一個藥罐。

「匀嫻，妳什麼時候吃起胃藥了？怎麼了？我給妳的工作分量太多了？」

「沒有啦。這是幫朋友做業績才買的，吃這個可以保健腸胃。」

葉德儀把盒子轉了一圈，讀起上頭指引，若有所思，竟沒有離開的意思。陳匀嫻只得繼續處理先前被打斷的工作，她才看了三行，皮包震動起來，陳匀嫻趕緊撈出手機，低頭一看，是楊培宸的幼稚園導師打來的，陳匀嫻跟葉德儀點頭示意，闊步朝前走。

經過時鐘前，她留神一看，才五點三十分。

「怎麼了，培宸忘記帶英文課本嗎？」

「媽媽，妳忘記今天不用上英文課了嗎？」楊培宸哀怨的聲音傳來。

「啊？今天不是星期三嗎？」

「對，可是 Teacher John 生病了，要去醫院做檢查。老師上禮拜有說……」

「好，你再等一下，媽媽現在去接你。」

陳匀嫻壓下胸口的灼熱，勉強回憶。

上禮拜五她去接楊培宸的時候，跟 John 配合的中文老師說了什麼？片段、模糊的畫面斷斷續續地進入她的腦海，對，確實，中文老師有提到 John 最近生病了，她還回了一些祝福早日康復的話。至於其他的部分，她真沒印象。陳匀嫻將手背壓在跳動的太陽穴上，怪罪起兒子的班導，這麼重要的事情，昨天她去接楊培宸，導師大可以再提醒一次的。如今可好，她才答應了葉德儀，會先將手上的文章做完重點整理後再走。還是打給楊定國？不，不可能，楊定國今天五點要進會議室，可靠消息指出，蔡萬德將做出一些人事安排，楊定國極有可能在這波調度中出線。陳匀嫻回到辦公室，葉德儀在她自己的座位上，注視電腦螢幕，看起來還算愉快。陳匀嫻抓了抓裙子，走上前去。

「Sophia，我臨時有事得先走，我會把資料帶回家，十點前傳給妳，好嗎？」

「怎麼那麼突然？妳不是說做完才走？」葉德儀停下動作，看著陳勻嫻。

「我媽媽來台北做身體檢查，也沒先說一聲，現在結束了，叫我去台大醫院接她。」

「哦，好吧，妳走吧。」葉德儀揮了揮右手，再也不看她。

陳勻嫻把文件信手掃進皮包，不敢置信今天的好運，葉德儀就這樣信了她。

十五分鐘後，陳勻嫻氣喘吁吁地出現在幼稚園門口。楊培宸剛給牽出來，小臉漲紅，看到母親，別過頭去，此舉讓陳勻嫻胸口一刺。導師趕忙打圓場。

「剛才我們給培宸吃了一個布丁，待會晚餐他可能會有點吃不下，不好意思。」

「我才不好意思，我忘記 Teacher John 生病的事了。」

「沒關係，只是小狀況。大家都很喜歡 Teacher John，對吧？」

楊培宸小聲嗯了一聲，陳勻嫻把兒子拉過來，要他跟老師道謝。

還不及走遠，楊培宸就發難：「別人的媽媽都有記得，只有妳忘記……」

「我不是故意的。」陳勻嫻回應。

「上禮拜五，老師有跟妳說了，妳還有點頭。」

「你不要用這種口氣跟媽媽說話，媽媽今天已經很累、很累了。」

陳勻嫻並不真的在意兒子質問她，相反地，她很抱歉，這不是第一次她忘記課程的調動。她知道自己不應該，但也覺得導師的待人處事可以更圓融點。那通電話，八成是導師要楊培宸撥打的，導師是不是在無形中，把不能準時下班的壓力施加給兒子了呢？哎，當初楊培宸升上大班，陳勻嫻一知道新的導師才二十五歲，即心有不安。年輕的導師雖有活力，對於職業婦女還是少了一份同理心。她喜歡上一位導師，四十多歲，自己有兩個小孩，很有耐心。

「別對媽媽生氣了，待會我們要去買蛋糕，買你最愛的香蕉巧克力好嗎？」

楊培宸鼻子一吸，「為什麼？」聲音猶帶著怒氣，但已有原諒之意。

「因為今天是爸爸很重要的日子。」

「爸爸的生日不是已經過了嗎？」

「不是爸爸的生日，嗯……」陳勻嫻尋找著一個六歲孩童能夠理解的詞彙，「今天是爸爸可能會加薪的日子，如果爸爸賺的錢變多了，也許我們可以搭飛機去日本？」

「真的嗎？」楊培宸雙眼發亮，先前的委屈一掃而空。他雙手成拳，奮力地跳動著。彷彿自己已經置身於座艙上，看著機翼大張，承受飛機在起飛瞬間帶來的壓力。幼稚園中，不少孩童已有出國的經驗，楊培宸從同學們帶回來的零食、昂貴的書包以及新奇的色筆感受到，能夠搭上飛機前往異國，是一件很了不起的事情。自那時起，他對於搭上飛機，有著充滿活力的憧憬。

見到兒子恢復了朝氣，陳勻嫻卸下胸口重負，她實在沒足夠的氣力，在面對葉德儀後，還得消解一個孩童的負面情緒。她拿出手機查看，沒有訊息，還沒有公布嗎？她提起精神，決定依照原定計畫進行，第一站是蛋糕，她事先打電話請櫃檯保留了，一到便能取貨，不會耗上太多時間，第二站是去鼎泰豐外帶排骨蛋炒飯、油燜筍、絲瓜蝦仁小籠包跟蝦肉紅油抄手，都是楊定國鍾情的菜色。湯她昨夜燉好了，香菇雞湯，過了一夜，風味絕佳。採買進行得很順利，陳勻嫻還有時間到隔壁的麵包店挑選明天的早餐，又提了一盒牛奶。

返家時，七點三十五，她再一次拿出手機，沒有來自楊定國的隻字片語。陳勻嫻胸中的情緒，分岔成兩個方向，一方面的她，猶在垂死掙扎著。五年了，楊定國進入公司，也有五年了，戲棚下站久了，該有一次做主角的機會吧。另一方面的她，想起了一年前的往事，那一回，蔡萬德口頭允諾，會給楊定國「應有的報償」，沒想到，半路殺出一個程咬金，有人的兒子從美國學成歸國了，想來公司磨練磨練，原本要給楊定國的職位，又讓了出去。

陳勻嫻悄悄思量：問題是否在於背景？不管是學長，還是那位「空降部隊」，家族中的父執輩們，在商場上活躍依舊，動作頻頻。反觀楊定國，楊一展在商場上所建立起的社交網絡，今已寂靜如荒野，原因無他：投資失利的風暴重挫了楊一展的信心，他先是爆發了躁鬱，近年又有了失智的徵兆，過往的老友們，一一疏淡遠離。這些念頭，她只是想著，沒提出來跟丈夫分享。但是在楊定國屢屢升遷不利時，這些念頭會像是季節性的花粉，或者梅雨，籠罩著陳勻嫺，讓她憂心忡忡。

八點半了，沒有訊息。

楊培宸九點半就得上床了，太晚吃會影響到兒子的睡眠品質。

考慮了幾秒鐘，陳勻嫺打開餐盒，放進微波爐，「我們先吃。」

「可是，爸爸還沒有回來。」楊培宸吞了吞口水，眼睛緊跟著母親的動作。

「沒有關係，爸爸說我們可以先吃。他晚點回來。」

陳勻嫺從冰箱拿出雞湯，放在爐子上加熱。

會議的結果已昭然若揭。夫妻一場，她了解楊定國，假使進展得很順利，楊定國絕對會按捺不住的。陳勻嫺把雙手貼在臉上，試圖以手掌的熱氣柔和她僵冷的臉。她對著兒子擠出一絲笑容，不想讓楊培宸感受到大人的複雜心思。楊培宸吃了半盤炒飯跟一些湯，還吃了一整塊蛋糕，陳勻嫺陪著兒子吃了些，沒有太多，她還得空著一些容量，陪楊定國吃。

趁著兒子在浴室洗澡的空檔，陳勻嫻忍不住傳了一封訊息：「還好嗎？」

楊定國很快回傳：「晚點說，現在很煩。」

那個晚上，楊定國滿身酒氣，蹣跚地步入家中。陳勻嫻深呼吸一口氣，心底充斥著懊惱與不滿的情緒，她要工作，要照顧孩子，還得安撫丈夫的情緒。她體貼了這麼多人，可有誰來體貼她？

楊定國坐在玄關的板凳上，踢掉鞋子，大喊，「妳知道老闆說什麼嗎？」

「我不在會議上，怎麼會知道？」

「他要我再忍忍，有人比我更急。他媽的，我難道就不急？學長說，因為 Bob 的舅舅有來打點，Ted 的爸爸跟對方交情十幾年。十幾年又怎樣？就能這樣不勞而獲嗎？」

「所以，你這次又沒有了嗎？」陳勻嫻只關心重點。

「對，又沒有了，我在這間公司，盡心盡力，得到什麼？只有一連串的謊言。」

陳勻嫻咬起下唇，臉色低沉，不發一語。

電話響了，陳勻嫻走去接起，竟是學長打來的。

「定國有平安到家吧……」

「有，他剛到家。」

「呃，那妳幫我轉達一聲，剛剛跟定國分開後，我有打電話跟 Ted 談了一下，Ted 說，他會在別的地方彌補定國。下禮拜是 Ted 兒子的生日派對，他想請定國帶著妳跟培宸出席。Ted 很少邀請公司的人去他家。我不確定 Ted 打算怎麼處理這件事，可是，我猜他有要處理。麻煩妳跟定國說一聲，先不要意氣用事，可以的話，先假裝什麼事也沒發生。這樣說有點過分，可是我怕定國太衝動，我好不容易幫他拉的機會，就這樣砸了。」

「謝謝學長，不好意思，還讓你操心到這個程度。」

「我也有不是，是我拉定國進來公司的，也不曉得怎麼會……哎，定國太可惜了！」

好不容易把楊定國拖到床上，聽著他呼呼大睡的鼾聲。陳勻嫻在丈夫身邊躺下，她還沒洗澡，可是她沒有力氣了。工作跟家庭，輪流抽乾了她的精神。她設定鬧鐘，六點，明日得早起，得洗澡，也得跟楊定國討論生日派對的事，她得說服楊定國，稍安勿躁，還未走到窮途末路，別拿石頭砸自己的腳。陳勻嫻閉上眼睛，想到姊姊，阿爾卑斯山景觀火車，金色陽光與綠野，山峰上分明的雪線，一對雙胞胎，體貼的丈夫，幸福完美的家庭生活。

Ted 家比姊夫家更好過吧……他們的生日派對，又會是什麼樣子呢？一場私密的聚會，能影響多少？會不會學長只是在誇大其詞？

在寂寞與無助的輪番侵擾中，陳勻嫻眉頭緊皺，睡得不太理想。

第二部

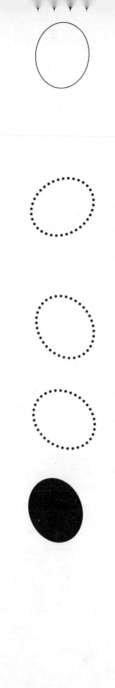

◇

那日自蔡府離去後，陳匀嫻一直逼問楊定國，生日派對上，蔡萬德是否有所表示？楊定國說，蔡萬德聊的淨是些世界情勢的發展，公司的事，他隻字未提。

陳匀嫻失望又懊悔，她問丈夫，「學長為什麼要給我們這麼大的期望？」

「我也不知道。」

「那你打算怎麼辦？」

「我能有什麼打算？若我要爭執升遷案的事，早就錯過時間點了。現在，球也陪人家打了，也去人家家裡吃了快快樂樂的一餐了，我難道要現在翻臉嗎？」楊定國瞪大眼。

「你再去問問看學長啊，你老闆不可能單純叫我們去吃飯吧。」

「妳先不要給我這麼大的壓力，我想再等一下。」

陳匀嫻看著丈夫，她知道，楊定國已經失去為自己爭執權益的氣勢了。她感到焦慮，也不想再為了升遷一事跟楊定國繼續爭執下去。她很快地又投入工作，想跟過去一樣，以工作來沖刷家庭所帶來的煩躁。

一早，她就接獲通知，葉德儀明年一月要到美國的分公司報告。這個消息令陳勻嫻太陽穴周圍發緊，這表示她得協助葉德儀整理出一份完美的資料。

她被這消息轟得眼睛脹痛，十一點半，葉德儀即將從客戶方回來之際，陳勻嫻雙手插進口袋，冷著臉叮囑助理：「待會 Sophia 找我，說我去郵局辦事，會順便吃午餐。」

走進百貨公司的美食街，冷氣拂來，沖不散胸口的熱氣。手機響起，陳勻嫻退到一邊，讓給後頭排隊的人，她不安地祈禱，千萬別是葉德儀，沒想到是楊定國。

她呆了一會，有什麼事情非得用電話傳達？

「我聰明又賢慧的老婆，妳到底對我老闆的老婆施了什麼魔法？」

「怎麼了？」

「老闆問我這週末要不要去他家吃午餐？他有事要跟我談。」

「有多少人被邀請？」陳勻嫻產生興趣。

「就只有我們，妳、我跟兒子。所以我才想問，妳是做了什麼？Ted 說他老婆很喜歡妳。所以想找我們全家一起吃個飯，順便商量一些事。」

陳勻嫻勉強冷靜下來，「你老闆有說是什麼事嗎？」

她私心的期望是，蔡萬德允諾就升遷一事，做出更積極的安排。

「不，他什麼都沒說，只是要我把時間空下來。」

「什麼時候？」

「星期六的十二點半，一樣是他家。」

「這一次，應該不會再揮棒落空了吧？」陳勻嫻問。

「我沒有辦法保證。」

「好，我知道了，我現在人在排隊，要輪到我了。」

掛斷電話之後，陳勻嫻打量起四周，擁擠的人群，一張張滑著手機，等著點餐與取餐的陌生面孔。沒人發現她的情緒異常激動，心臟撲通撞擊。她轉身離開美食街，順著手扶梯，到了上一個樓層，她推門進入連鎖的知名咖啡廳，要了一杯雙份濃縮。這通電話瓦解了她的食慾，她冷不防覺得進食變得無關緊要。她得仰賴過量的咖啡因，讓她撐過這個午後。

同一天，兩則重大訊息！

為什麼蔡萬德獨自邀請他們一家？那句「他老婆很喜歡妳」又是什麼意思？

陳勻嫻在咖啡廳選了一個位子坐下，撐到最後一分鐘才起身走掉。

「那天，梁家綺跟妳聊了什麼？」回家後，楊定國問她。

陳勻嫻回想了一下，找不到什麼特別值得說的部分。

「沒什麼，就閒聊。」她說。

「聊哪些東西？」

「就一些有的沒的，她問我是哪裡人，我跟她說了。」

「哦，妳跟她說，妳家裡是賣小吃的？」

「對。」過了一會，陳勻嫻小心翼翼地問，「這不能說嗎？」

「我只是很好奇而已，」楊定國斟酌著自己的用詞：「Ted 跟我說過，他岳父是電信龍頭的高層，岳母是大學教授，生了三個小孩，梁家綺，嗯，跟二哥差了十歲，猜得出來吧？她算是個意外，她是唯一的女生，又這麼小，全家當然寵得要命。」

「我很好奇，這種養尊處優，沒有被人擺過臉色的女生……妳是怎麼做到的？」怕妻子不懂，楊定國進一步補充，「妳知道嗎？Ted 一直強調，他老婆很喜歡妳……」

陳勻嫻躊躇不語，不太確定這是不是一種讚美。她有點訝異，派對上的梁家綺，那麼面面俱到，又那麼獨立，看不出來被寵壞的痕跡。楊定國的補充，讓陳勻嫻對於梁家綺生出幾分好感。

楊定國面容愉快，升遷不利的陰霾似乎已離他遠去。

他甚至有心情逗小孩，「要去找 Chris，你開不開心啊？」

陳勻嫻看著丈夫，興奮混雜著擔憂在她的胸腔激烈地碰撞。要再次走進那戶人家裡，她很矛盾，她必須承認，這感覺有點像是當年上大學，妳猜妳會受一點傷，可是機會也藏在傷痕裡。

◇

四大兩小的組合，吃的比生日派對更為精緻。

最讓人眼睛一亮的，莫過於那鵝肝醬與蘑菇醬的威靈頓牛排，為了中和口味，湯品是簡單的蔬菜湯，清甜可口。配飯吃，而不是麵包。梁家綺提出解釋，牛排配飯的組合，是蔡萬德的發明。

蔡萬德笑一笑，「沒辦法，我是台灣人嘛。」

這句話別有深意，楊定國說過，他老闆是在美國出生的。

「我很高興可以吃到飯，每一次吃麵包或馬鈴薯，很快就餓了。」楊定國說。米粒晶瑩，牙齒一輕咬，即迸發出澱粉獨有的甘甜。

相較於梁家綺的殷勤，飯局半小時後，蔡萬德顯得心不在焉，他不止一次地從口袋掏出手機，看了一眼又匆匆放下。楊定國開啟了幾個話題，蔡萬德有回應，但很短促。幾次下來，陳勻嫻感受得到，身旁的丈夫深呼吸的頻率提高了。陳勻嫻困惑了，蔡萬德的冷漠，讓他們看起來像是不請自來的一家三口。她看向一旁背著手等待的阿梅，明知徒勞，仍想從這位異國女子臉上看出一些蹊蹺。兩個孩子把手藏在桌巾底下，身體搖來晃去，任誰都看得出來他們在打鬧。

「Chris，你讓人家好好吃飯。」梁家綺柔聲勸道。

「你們家培宸，也要上小學了吧？」蔡萬德猝不及防地問道。

「對，他跟 Chris 一樣大。」

「你們打算讓他去念哪一間國小？」

楊定國看了妻子一眼，答道：「我們家附近那間公立國小。」

「註冊了嗎？」

「才剛去登記而已。」陳勻嫻把問題接了過來，這環節是她獨自去處理的，楊定國無法回答。

「哦，那是一所怎麼樣的國小啊？」

難怪蔡萬德對於這所馳名的國小沒有概念，蔡萬德讀台北美國學校，畢業後便飛出國當小留學生了。如果今天坐在對面的人，不是蔡萬德，陳勻嫻還能保留一些驕傲地介紹這所學校。畢竟，有多少父母想把戶籍遷來他們所居住的區域，只為了送孩子進去該校就讀。只是在蔡萬德面前，陳勻嫻一陣煩躁，這有什麼好驕傲的？

在派對上，透過媽媽們的對談，陳勻嫻得知梁家綺跟蘇若蘭都打算把孩子送去松仁小學就讀，松仁小學是這幾年炙手可熱的私立小學，很多政商名流都把小孩往那裡送。

她勉強回神，簡單地為丈夫的老闆夫婦說明。「老學校，評價算不錯，很多政治人物跟藝人都把小孩子送去那裡讀書。」

一出口，她就悔恨自己的多嘴，沒必要補充最後一句的。

「但我聽說，老師管得滿嚴，功課也很多哦？」梁家綺問。

「對，有幾個媽媽已經提醒過我了。只是、該怎麼說呢。我跟定國都要工作，有時也要加班，想想，這種嚴謹的校風，對於我們這種家庭來說，算是有幫助吧。」

「我聽說他們還會體罰學生？」梁家綺再問道。

「呃，」陳勻嫻慌了，若據實以告，可能會影響到這對夫妻對她的評價，但她也不想讓這對夫妻認為她對教育議題並不上心。她停頓太久，包括孩子們，五雙眼睛都好奇地看著她。她得作出表態。陳勻嫻咬緊牙根，以一個客觀的角度切入，「對，他們有時候會體罰。可是我有去問過了，體罰的情形沒有大家想像中嚴重，只要學生安分，夠認真，在校六年都不會遇到體罰。」

蔡萬德沒有答腔，他的心思似乎又飄向遠方。

他看向窗外，一排候鳥呈現人字形飛過。

孩子們已經吃飽了，蔡昊謙吵鬧著，說他不想吃盤中的蔬菜，他要吃布丁了。

阿梅微微緊張地走上前問，「要上甜點了嗎？」

甜點是麵包布丁，昂貴的香草籽取代了香草精，表面應該有刷上一層果醬，為整盤烤物增加了色澤。阿梅切了一塊，放進蔡昊謙的盤子裡，蔡昊謙迫不及待，大口塞入，楊培宸在一旁眼巴巴看著，阿梅加快速度，一眨眼，一塊散發著飽滿蛋香的蛋糕降落在楊培宸的盤子上。

陳勻嫻也吃了一些，味道著實令人驚喜，她以為麵包布丁跟層次扯不上邊。

阿梅沒有問男人們，她把盤子放在桌子中央，梁家綺點頭示意，阿梅退到一旁。

吃完了蛋糕，蔡昊謙問母親，能不能帶楊培宸到房間玩。梁家綺仔細確認楊培宸吃飽了，才溫柔答應，她向陳匀嫻表示歉意，「不好意思，我們 Chris 有點黏你們家兒子。」

餐桌上現在只剩下大人。陳匀嫻不自覺地撫著肚子，這餐既精緻又甘飽。陳匀嫻可以理解，為什麼葉德儀在見客戶之前，必定審慎探聽客戶在飲食上的偏好。科技如此進步，人類從進食中得到的樂趣還是原始得不可思議。她感到昏沉欲睡，看來，又是一次會錯意，什麼補償方案，都只是內心的自作多情。陳匀嫻不再那麼介意餐桌上的一舉一動，他們進來兩個小時了，要發生什麼，早該發生了，她悄悄打了個呵欠，眼皮漸趨沉重。

她太懶散，當蔡萬德的話語傳入腦海裡時，有好半晌，她聽見了，卻不解其意。

「Steven，你們有考慮過，把小孩送去私立小學嗎？好比說，Chris 讀的那間就不錯。」

陳匀嫻的目光在蔡萬德跟丈夫之間跳來跳去，整個人清醒了。

楊定國放下杯子，神情呆滯，似乎給這問題難倒了。

「我們還真沒想過……太忙了，戶籍在哪，就讀哪所。」

「那你們想不想把兒子送去松仁小學？我會請人把他們兩個放在同一班。兩個小孩可以做伴，我老婆也有聊天的對象了。是不是一舉數得？」

「啊……」不只是楊定國，陳匀嫻也被這意料之外的發展撞得頭暈眼花。

「你們不要這麼緊張，這其實是我的主意，只是 Ted 也滿支持的。」梁家綺的語調好和藹，「你們也知道嘛，Chris 是獨生子，脾氣又硬，這幾年來，我們不是沒有幫他找過朋友，也不知道是誰的問題，總之，Chris 很容易跟小朋友起爭執。在幼稚園，他大概吵了幾十次不想去上學，我也有錯吧，那時就寵他，一直讓他請假。幼稚園就算了，現在要上國小了，義務教育，不能說請就請。我本來想說，陳馨語也要讀松仁，可以彼此照料，偏偏 Chris 很討厭陳馨語。我這幾天，一有時間就在想，Chris 會不會在國小也適應不良……」

陳勻嫻靜靜聽著，她有個預感，這是很重要的對話。

梁家綺苦苦一笑，說了下去：「上一次生日派對，我們好訝異，這是 Chris 第一次主動去拉其他小孩的手，他平常很討厭碰到別人的！Chris 還讓培宸碰他心愛的模型。那些模型，連我老公要拿起來看，還要先經過他的同意。你們回家以後，我開玩笑地問他，如果培宸也在松仁，你會乖乖上學嗎？沒想到，我不誇張，他說，如果培宸也在松仁，他一定會乖乖去上學。」

「Steven，你們家兒子到底是對我兒子做了什麼，教幾招吧。Chris 很難商量的，我寧願跟別人談判，也不想要自己的兒子坐在談判桌的對面。」

蔡萬德的玩笑話發揮了功效，楊定國笑了起來，緊皺的眉頭隨之一弛。

陳匀嫻沒有跟著笑。她聞到了，有什麼東西掩藏在話語的背後，她想要找出底下默默醞釀的什麼。她深信梁家綺接下來要說的，是更不容錯過的資訊。

「我是想，兩個小朋友剛好同歲，Steven 又在 Ted 的公司工作，我跟匀嫻也聊得來，這麼多的巧合，不好好利用，不是很可惜嗎？就跟 Ted 討論了一下，Ted 也很贊成我的想法。」

聽到自己的名字，從梁家綺的口中說出，還附帶著評價，陳匀嫻嚇了一跳。

「可是，我問過了，松仁只收附幼上去的學生。」陳匀嫻提出疑問。

「這部分很簡單，一通電話，Ted 會處理好的。Chris 也不是讀松仁附幼啊。」

陳匀嫻花了好幾秒才意識到，這就是那些媽媽們迂迴的暗示：妳有沒有認識一些有力人士？

她感到驚奇，她以為，所謂的「靠關係」會更隆重一些、更正式一些，至少更讓人看得出操作的痕跡，沒想到並非如此，發生與結束，都在理所當然的語調之間。

「Steven，Kat 說得很清楚了。我知道，這件事影響重大，又很倉促，你們也無法馬上確定吧。不如這樣，你們先回去想一下，有什麼問題，這樣好了，Kat，我看妳現在跟匀嫻交換一下聯絡方式吧？你們有什麼問題，就找 Kat。噢，對，差點忘了最重要的事，小孩子的學費，你們不排斥的話，我這邊負責。你們不要覺得有什麼壓力，Kat 說得沒錯，Steven

在工作上表現得很認真，就當作是公司給員工的特別 bonus，應該的、應該的。」

話一說完，蔡萬德倒回椅背，眉笑眼笑地盯著夫妻倆，像是他已經看見事情的進展。

該怎麼定義蔡萬德夫婦提出的夢幻邀約呢？悲觀地想，這終究比不上一紙人事命令來得振奮人心；樂觀來說，他們的兒子似乎比他們這對夫婦都來得幸運。

◇

松仁小學的學費，在眾多私立小學之中，可以說是「前段班」，因為該校主打國際化，外語師資多為教育本科出身，而不單純是金髮碧眼的外國人。陳匀嫻認為這是個千載難逢的機會。返家後，她在數千筆資料中，翻找著松仁小學的評價。其中，她驚喜地想起，自己最喜歡的部落客艾薇，孩子亦是就讀松仁小學，可惜的是，艾薇的小女兒即將畢業，她不太可能與艾薇更進一步認識。陳匀嫻上下滾動著網頁，想把那名女子寫下的文字給深深烙印在腦海。

身為兩個孩子的媽，同時又是個家庭主婦，很多人問過我，「妳的老公是從事什麼工作的？怎麼有辦法讓妳當家庭主婦，還可以負擔兩個小孩這麼高額的學費呢？」每一次聽到這種問題，艾薇一方面覺得，台灣人在隱私觀念上，實在還有待加強，另一方面，又想要澄清一些家長的觀念。老實說，艾薇的老公收入確實不錯，但也沒有高到可以讓我們付學費時不會覺得心痛。艾薇已經想不起上一次去百貨公司週年慶，是什麼時候了？為什麼？因為在付完兩個小孩在松仁的學費、保險，跟每一年全家小旅行的費用後，剩下的餘額，並沒有多到可以讓我揮霍。

我知道，在某些人眼中，我這種行為像是在打腫臉充胖子。再一次，我希望大家可以去複習我置頂的那篇文章〈我為什麼選擇松仁〉。我跟我先生的觀念很簡單：我們的人生，差不多已經定型了。可是孩子的未來，卻充滿著無限的可能跟可塑性。再說，一年加上一些雜費，三十幾萬，就可以為孩子換來國際化的環境。各位父母不妨思考一下，這樣的費用，真的是天價嗎？我們大人若想要在這種國際化的環境學習，一年三十多萬，買得到這種服務嗎？不可能吧。再談最後一件事，私校的學生，家庭素質很整齊。我問過女兒，她的同學們，至少父母的一方是高社經地位，也有不少同學的爺爺、舅舅是家喻戶曉的大人物。我跟先生有時候會很羨慕兩個小孩，小小年紀，認識的人脈比我們的還要多，還要好。艾薇可不記得自己小時候認識什麼上流階級的人物，可是艾薇的小女兒，可是跟很多名人的小孩同班呢（至於是哪些人，原諒艾薇不能說，因為艾薇也不想要得罪那些大人物啊！）。

講這麼多，艾薇想跟各位網友們說的是，孩子是很值得我們投資的，投資孩子的效果，比起投資大人的效果，還要好太多了！身為父母，該做的事情就是：替孩子做出人生的正確選擇。畢竟，孩子來到這個世界上，什麼都不懂，只能依賴我們為他們做出最棒的選擇，若父母隨隨便便，放任孩子像雜草般亂長，還能期待小孩長大以後，感激我們，報答我們嗎？

說得真是太好了，**不愧是我追蹤多年的艾薇**。

陳勻嫻闔上筆電，心中有了定見。她已克制不住，想像四肢修長的楊培宸穿上量身訂製的全套制服，清秀的臉蛋上散發出貴族般的氣息。她感覺有些輕飄飄，必須審視這個家，好克制自己的情緒。陶醉之中，她也注意到一個事實：哎呀，她的家怎麼如此狹窄。原屋主在客廳與餐廳的中間，放了一架屏風，想在有限的坪數中抽出空間感。剛搬進來時，陳勻嫻想打掉屏風，她覺得屏風讓客廳跟餐廳的動線變得很侷限，而且屏風的材質看起來也不是太高貴，楊定國覺得陳匀嫻太苛求，他倒是挺喜歡屏風的存在，覺得給客廳注入了高雅的氣質。

兩人沒有共識，陳匀嫻也懶得去動那屏風，看久了，也習慣了。只是現在，陳匀嫻又開始覺得這屏風很礙眼，她微歪著頭，盯著屏風的細節，低語：「一般人擠破頭都難進去的松仁小學，怎麼可能就這樣放手……」

陳匀嫻找到手機，翻到梁家綺的帳號，遲疑了片刻，又把手機放下。她轉身，輕手輕腳地來到楊培宸的房間。如果可以，她真想許給兒子世界上所有的幸福與快樂。她自己無法摘下星星，為了楊培宸，她能夠不計一切手段地去摘。艾薇還說過一句話：父母可以為了孩子捨棄夢想，因為在孩子出生以後，孩子本身就是父母的夢想。美哉斯言。陳匀嫻在那張小臉蛋上光滿滿的額頭落下淺淺的一吻，她回到主臥室，在楊定國身邊倒下。隔天起床，一睜開眼睛，她要傳一封訊息給梁家綺，先跟她說聲早安，再讚美梁家綺再度帶來讓人讚嘆的一餐。最後，她要以母親的身分，慎重感謝梁家綺夫婦的鼎力相助，給楊培宸這麼寶貴的機會，楊培宸也很喜歡蔡昊謙，對於可以跟新朋友一起面對國小的新生活，他覺得很開心。

兩個都是獨生子，又興趣相投，讓他們一起長大，不是很美好的一件事嗎？

陳匀嫻滿足地嘆了一口氣，人生，又回到了正軌上。待楊培宸註冊後，她第一個要告知陳亮穎，婚後多年，終於有一件體面的事，是她可以拿來跟姊姊炫耀的。

◇

就這樣，一個急轉彎，暑假結束後，楊培宸進入松仁小學就讀。

開學前兩個星期，梁家綺約陳勻嫻出來聊聊，星期四，陳勻嫻牙一咬，請了兩小時的外出假。助理告訴她，一早，葉德儀傳訊息來，說她不會進辦公室。陳勻嫻認為這是老天保佑，兩點一到，她拎起包包，愉悅的神色占據臉龐。

梁家綺在指定的茶餐廳等待，陳勻嫻一靠近，梁家綺抬起頭來，微笑隨即跟上。

「你們公司的服裝很好看。」

陳勻嫻羞赧一笑，以小拇指把一絡落下的髮絲勾回耳後。放眼望去，眾人皆作清閒打扮，梁家綺也是。頭一回會面，只有她們兩人，少了彼此的丈夫跟孩子，陳勻嫻有些不自在。

她先以道歉開場，「抱歉，從公司趕來，時間沒有算準。遲到了。」

梁家綺搖搖手，「沒事沒事，我以前都在這等 Chris 放學，剛剛等妳的時候，想到了一些過去的事，覺得有些懷念。孩子長得很快啊，一眨眼，就要上小學了。」

「Chris 是在哪裡讀幼稚園的啊？」

陳勻嫻一邊讀著梁家綺遞來的菜單，一邊思索著這頓午茶會不會超過兩個小時。她太沉浸於這個問題，沒注意到梁家綺聽到「幼稚園」三個字時，臉上閃過一陣暗影。等她再抬起頭來，準備跟服務人員詢問時，梁家綺面無表情地吐出一個名字。

「美兒愛。」

陳匀嫻只用了一秒，就想起美兒愛這所幼稚園，曾經上過新聞。篇幅不大，只有四分之一個版面，又落在很偏僻的位置，常人不會留心。她之所以記得，是因為該篇報導出於張郁柔之手。

想到張郁柔，陳匀嫻握緊菜單，避開跟梁家綺的對視，眼神時常會洩露人的心事。

張郁柔是陳匀嫻的高中同學，在高中時，時常互爭一二，若陳匀嫻是第二名，張郁柔就是那一次模擬考的全校第一。出於競爭的心態，兩人在走廊上四目相交時，也會行禮如儀地點個頭。後來兩人都上了同一所學校。大一時，也許都寂寞，宿舍也近，同一樓層的兩端，挺常約出來見面，發表各自對於新生活的意見，也抱怨這所城市的金玉其外。北部同學講話時那驅之不散的優越感，彷彿出了台北市，所見所聞淨是邊陲的奇觀。她們的感情最親密時，還一起相邀跨年，楊宜家去找男友了，陳匀嫻無聊得發慌，問張郁柔要不要做一件煽情的事：從學校後門走到信義區，只為了在人群齊聲倒數的當下，親眼見證火花從參天的筍狀建築物中噴發。往事想來多很綺麗，直到陳勻嫻認識了楊定國，張郁柔也有自己的戀情要發展，聯絡疏了許多。即使如此，還是維持著一年見面兩至三次的頻率。陳勻嫻產後，張郁柔帶著一盒嬰兒洗浴用品，跟陳勻嫻愛吃的大餅，到月子中心看她。那時張郁柔的工作剛穩定下來，在一間小報當記者，規模雖不大，可是上頭給記者的空間很足。陳勻嫻佩服張郁柔的勇氣，她不明白，怎麼有人可以接受那麼低廉的薪水，只為了從事他們嚮往多時的工作。陳勻嫻給張郁柔打氣，祝福故友能一展長才。

月子中心以外，陳勻嫻又跟張郁柔見了幾次面，都在外頭。第一次，陳勻嫻抱著楊培宸前往，她跟楊定國才剛搬出老家，陳勻嫻獨力帶孩子，沒有後援。她們的對話一再地被楊培宸的哭鬧聲截斷，餐點才用到一半，陳勻嫻不得不先行離場。她請求張郁柔的諒解，並承諾下一次的會面，只有兩個人，她們可以沒有旁顧地暢談。後來的見面，有了保姆協助，兩人不必再誠惶誠恐，擔憂孩子的暴哭引來旁人的目光。

楊培宸上小班前一年，是她們最後一次見面。那次陳勻嫻作主，訂了火鍋店，她剛拿到中秋獎金，她答應這一頓由她作東。前一個小時，她們聊得很盡興，陳勻嫻有好幾次，放下筷子，只為了更充分地說話。不過，所謂「盡興」，只是她的觀點，依照張郁柔的說法，對話過了半個鐘頭，她已經開啟了記者的「忍耐」社交模式，她忍了一個小時，才不耐煩地打斷陳勻嫻的滔滔不絕。

「勻嫻，我覺得妳變了好多。妳現在好像我們大學時會嘲諷的那種歐巴桑。」

「啊？」陳勻嫻傻住了，喉嚨緊縮，可是她隱隱知道張郁柔意指些什麼。

「除了老公、小孩，還有公公有多差勁，妳沒有別的事情好說了嗎？我知道妳很辛苦，妳忍耐很多，可是——我跟妳見面，不是為了一直聽妳抱怨。妳之前一直說餵母乳很辛苦，我勸過妳多少次了，很辛苦就不要餵，小孩子喝奶粉長大，妳自己不想改變，只要我聽妳抱怨。」

「妳不想聽，可以早點說。那我會知道這些事情不要找妳說。我以為妳是那種會想要傾聽朋友煩惱的人，對不起，是我想太多了。」

「不是我不想聽，是比例、比例的問題。妳不是偶爾抱怨一下，妳是一直在抱怨！再說，妳公公確實很過分，但妳又能怎樣？一直抱怨，房子就會變到妳名下嗎？勻嫻，我這樣說，妳可能會生氣，可是我還是要老實說，每一次跟妳見面，回到家我都會想，結婚好可怕，女人還是不要結婚好了，妳自己都沒有感覺嗎？妳變得好怨天尤人。」

兩人的中間形成低氣壓，沉默湧入，填充了稀薄的空氣。

如果那一陣子，陳勻嫻沒有等榜的壓力，沒有自己把孩子放給保姆帶，好專心準備考試的罪惡感，沒有對於楊一展那滿腔沸騰又無處可去的怨氣，她或許可以察覺得到：張郁柔其實是在撒嬌，渴望陳勻嫻陪著她共同喚回一份友情的餘溫。彼時兩人都還很年輕，還有理想，也還有銳氣，見面時可以談一些甜蜜又刻薄的事，並且歡聲不斷。好景不復在，婚姻的挑戰帶給陳勻嫻太多衝擊，她反覆地談，一成不變地談，無非希望張郁柔也能辨識出：**她也在求救**。

正因為她也有渴望被朋友了解的心意，在得知張郁柔並不領情的當下，陳勻嫻覺得自己的自尊心不啻是被踐踏了。她展開反擊，一場她事後後悔莫及的反擊。

「對，我現在只有這些事情可以談，很無聊沒錯，那妳自己呢？」

「我？」張郁柔瞪大眼，「又關我什麼事了？」

「郁柔，妳現在有聲有色，跟我比起來，妳確實一點也不無聊。然後呢？妳實際擁有什麼？」

「勻嫻，妳想說什麼？妳就不能就事論事？非得要這樣轉移話題？」

「這不叫轉移話題，這叫作當你用一根手指指著別人的時候，得先想想是不是有四根手指指著自己。」陳勻嫻深深吸一口氣，再一鼓作氣：「說我無聊，妳自己呢？妳的感情路始終走得一塌糊塗，哪一次不是被人劈腿？我庸俗，我無聊，我像歐巴桑，妳又高明到哪裡？」

「陳勻嫻，妳夠了沒，有必要扯到我的感情嗎？」

「那不說感情了，說別的吧，我覺得妳很不體諒。」陳勻嫻眼眶一酸，「妳明明知道，我大學就兩個朋友，妳跟楊宜家，可是我能跟楊宜家談這些嗎？不能，因為她是我的小姑。我只能找妳談我公公。我知道我在記恨，如果今天遇到這種事情的人是妳，妳難道不記恨？哦，搞不好妳真的不會，因為妳年輕，妳還有理想，對吧？**自我實現**，這種話，妳好意思說，我都不好意思聽了。」

「陳勻嫻妳他媽真的瘋了——」

張郁柔氣得發抖，從皮包內抓出幾張鈔票，扔在桌上，掉頭就走。

陳勻嫻待在原地，木然地靜止不動，她反省著，自己很可能是把無法向楊家表露的，對這段婚姻的不滿，一股腦兒地倒在張郁柔頭上。哎，我的錯，陳勻嫻拿起筷子，繼續把沒吃完的鍋物給食盡。她想，再也不相見，未嘗不是一件好事，兩人的世界早已變得殊途。

陳勻嫻拉回心神，怯怯地點了個頭，表示還在看菜單。

「美兒愛，很有名啊，我聽說要進去，很早就得預約了。」

光茶品就整整兩大頁，地名橫跨歐亞非大陸，陳勻嫻眼花撩亂，只得張望這間餐廳的裝潰，方才踏進來時，她滿心滿眼都是滴答流逝的時間，坐下來，她才注意到自己給滿滿的黃色茶罐包圍著。餐廳正中央是一根有點兒突兀的圓柱，上頭亦擺滿了茶罐，她聯想到了西藏的轉經輪。

「妳會怕喝茶睡不著嗎？我有時候會失眠，所以我習慣喝無咖啡因的茶。然後，妳對甲殼類會過敏嗎？我想點一份龍蝦沙拉分著吃。像他們那樣。」

陳匀嫻順著梁家綺手指的方向直直看去，那對情侶的桌上放著一盤應該就是龍蝦沙拉的菜餚，新鮮多水的草綠色襯著橘紅色的蝦肉，下層鋪著切成塊狀的酪梨。

「看起來很好吃對吧，妳不介意的話，我叫一份來分著吃。一個人吃太罪惡了。」

陳匀嫻緩緩吐出一口氣，她猜，若有合食的部分，梁家綺看似會負責這次的餐費。

點完餐後，梁家綺問：「妳今天是特地請假嗎？」

「噢，不，我們公司的進出滿自由的，只要你有做完分內事。」陳匀嫻面不改色地扯謊。

「那就好，我怕我約的時間點，給妳造成困擾，還想說要不要改……」

「不會的，我的工作很彈性，只要說一聲，主管不會太刁難。」

陳匀嫻忖度著是否要像梁家綺一樣，把包包放在一旁的椅子上，但她的包包是請朋友在線上網站代購的，市價的一半不到，朋友說是正品，但她始終狐疑。

「有在工作的女生，氣質就是不同。妳看，妳今天還是穿著有跟的鞋子，至於我呢，」梁家綺把自己的腿從桌底下伸出，「現在都穿平底鞋了。有時候想打扮，也不曉得要打扮給誰看。想想從前在美國讀書的時候，還會穿過膝長靴呢！」

陳勻嫻看著梁家綺。這次她可以好好審視梁家綺的五官了。梁家綺並不算是世人眼中的漂亮，五官太淡，且不立體，最大的優點是她膚色白皙，人一白，便清秀了，這種組合，讓人想到一些五官並不深刻，卻總接得到戲演的女演員，演配角居多，但觀眾都記得她。

「妳以前在美國讀書呀？真好，我連美國都沒有去過。」

「哦，妳沒去過美國？」

「老實說，我還沒有出過國。」陳勻嫻聳聳肩，喝了好大一口水。

「蜜月的時候 Steven 沒有帶妳出去嗎？」

「沒有，我們決定結婚的時候，我婆婆病得很重。」

陳勻嫻看了梁家綺一眼，怕交淺言深，讓梁家綺誤解她是那種動輒找人談心的寂寞婦女。梁家綺的表情看起來還好，甚至有點鼓勵她說下去的樣子，陳勻嫻頓了幾秒，講下去，一開口，她發現自己覺得好放鬆，她自己也挺想講這件事。

「是血癌，原本以為可以撐過去的，可惜一年半就走了。我跟定國會那麼倉促地結婚，也是想讓她安心。定國大我八歲，我婆婆很掛念兒子到了三十歲還沒有結婚。她離開以後，因為有孩子，要出國也不方便，每一年都說要出去，但到最後都找不到時間規劃。」

服務生端上餐點，陳匀嫻鬆了一口氣，她不希望話題圍繞在自己身上太久，也不希望氣氛過於沉重。茶香撲鼻而來，餐具擺妥之後，服務生為她們慎重介紹，醬汁調進了綠茶跟檸檬，可以中和酪梨跟沙拉醬的油膩。陳匀嫻哇了一聲，真是費工夫的安排，梁家綺沒有表示，像是習慣了這種場景，她如此淡然，間接顯得陳匀嫻沒見過世面。

陳匀嫻喝了一口茶，熱氣上湧，給了她開口的勇氣。

「家綺，謝謝妳！」

「怎麼突然這麼說？」

「我是說，松仁小學的事情……」

「謝什麼，這件事我也有好處啊，妳不知道，聽到這件事，Chris 多激動呀！」

「希望沒有造成你們的麻煩。」

「小事一件，松仁小學的創辦人是 Ted 爸爸的老友。」

聞言，陳匀嫻既感到篤定，又矛盾地覺得沉重。換個角度想，梁家綺把這件事看得這麼輕而易舉，對她這方來說也是一種貼心的表現吧？至少她不必太感激。

她想了很久，決定只說一句，「定國真是幸運，遇到了這麼大氣的老闆。」

「勻嫻，再謝下去就見外了，我說過，這件事對 Chris 也有好處的。」

梁家綺沒有讓陳勻嫻付到錢。

兩人告別時，她從椅子底下摸出一個橘色小紙袋，裡頭放著一個塑膠盒，陳勻嫻看了一眼，色彩斑斕，小塊小塊。

梁家綺笑著解釋，「這是俄羅斯軟糖。來的路上買的，想說待會要見面，就買了兩袋。」

「這怎麼好意思，我什麼都沒有準備……」

「哎，勻嫻，我才剛說妳見外呢。別再謝來謝去了。回去記得這糖只能自己吃，不要分給先生與小孩，太糟蹋。一顆一顆，配著無糖的紅茶最好了，勻嫻妳家有茶葉吧？」

陳勻嫻輕輕點頭，「有，當然有。」熟能生巧，說謊也不例外。

兩人在店外，又抱著手，站著寒暄了一下，才正式道別。一回到辦公室，陳勻嫻把那盒軟糖完整無拆地送給了助理。她晚了一小時才進辦公室。這盒軟糖，算是封口。另一個原因是，她不喜歡一再地從梁家綺那邊收到好處。一坐定，她上網搜尋那盒糖的名堂，小小一盒，竟要價四百九，她扶了扶眼鏡，想把網友們的心得給深深地記在腦子裡，下一次見面，才能夠有所交代。

◇

入學的前幾天，一筆款項進了楊定國的戶頭，蔡萬德果真信守承諾。

入學前夕，陳勻嫻接到母親的來電。

「我聽亮穎說，妳跟定國把小孩送去讀一年要好幾十萬的學校？」

長長的靜默後，陳勻嫻才承認：「對，可是媽，松仁小學是台北市很多媽媽的明星志願。裡面有很多外籍老師，培宸在這裡，可以認識到很多名人的小孩。」

「學費這麼貴，如果沒辦法做到這些，辦什麼學校？」

「媽，妳打來不是要跟我說這些吧？」

「我是想問妳，有錢去念這麼貴的學校，怎麼不拿來生第二個，培宸都六歲了。」

「媽，不要再提生第二個的事情了。」陳勻嫻有些動氣了。

「我不曉得你們年輕人在想什麼。讀這間國小，是妳的意思？還是定國的意思？妳當初也是讀公立國小，現在有混得很差嗎？」

「定國覺得小孩的事情我比較懂，他信賴我的判斷。媽，時代變了，現代人生得少，哪一個不是認真栽培。你們待在老家，沒看過外面的世界。現在的小孩，競爭真的很激烈。不只要跟台灣的小孩競爭，未來申請美國的學校時，還要跟香港、新加坡、大陸的小孩競爭。」

「真的有必要花到這樣？」

「當然有必要。我在大學時，已經輸給很多同學了，大家至少會一項樂器，不然就是在美國有親戚，暑假想去美國，說一聲就能去。我呢？我有這種背景嗎？現在我生一個，想好好栽培，有錯嗎？」

話一脫口，陳勻嫻暗暗懊悔。

她沒有這個意思，但話語呈現出來的樣貌，像是在指責自己的雙親不夠盡責。

她放低音量，安撫母親：「好了好了，媽，我們就先替培宸開心一下吧，松仁小學不是妳想進去就可以進去的學校。要是沒有人脈，就算有錢也不一定能讀。培宸可以進去，是定國老闆幫忙的。我跟妳說，松仁小學的制服，是我見過最好看的，我再傳照片給妳。」

為了避免兩個人繼續弄擰彼此的意思，陳勻嫻編了個藉口，急忙把電話給掛了。

◇

松仁小學一年級總共有八班，楊培宸跟蔡昊謙被編入和班。

第一天上小學，意義非凡。陳匀嫻很想親自接送，可恨的是葉德儀在當天早上安排了一個會議，陳匀嫻是主要參與者之一，不能缺席。掙扎良久，陳匀嫻把這個神聖的時刻交棒給丈夫。

「定國，今天你帶培宸去上學吧。騎車吧，我看那裡不好停車，你停在學校對面的摩斯漢堡，再走過去，運動一下。還有，兒子不是從幼稚園升上去的，很多老師之前沒看過他。可以的話，你幫兒子跟老師打一聲招呼，提醒老師多多關照。」

「這樣不是很奇怪嗎？好像在要求特殊待遇。」楊定國滿臉不願。

「你想太多了，很多小孩在幼稚園就讀松仁了，老師一定會比較偏愛這些學生。而且他們這些幼稚園就見過面的小孩，一定會玩在一塊。你要幫你兒子融入環境啊。」

陳匀嫻嘴裡咬著髮夾，一邊綁髮，一邊瞪著丈夫。她受夠了男人們事不關己的態度，把任何關於孩子的問題交辦給他們，他們總是可以找到最懶惰的解決方案。

「Ted 的小孩也在和班啊，兒子可以找 Chris 玩。」楊定國帶點不願地牽起兒子的手，準備出門，看妻子眉頭深鎖，他略顯掙扎，「妳不要太操心了，才第一天而已。」

楊定國回想起自己的童年，他記得母親總是會參與自己的生活，但不記得有參與得這麼廣泛、這麼深入。他不確定是現在的小孩特別嬌貴，還是自己從孩子的角色成了父親的角色，而以較為嚴格的態度審視著妻子的付出。

楊培宸背著全新的書包，一下看父親，一下轉頭看母親，他看得出來，父母在為了某件跟他有關的事情鬧脾氣，他睜大眼想釐清，可是他好想睡覺，他四點多就醒來了，他害怕自己遲到，只好躺在床上，瞪著天花板，等待時光流逝，天色從全黑轉成帶點藍色的白。

他對母親露出疲倦的微笑，小手在空氣中揮了揮。陳勻嫻目送著父子倆前後步入電梯，液晶螢幕上的數字快速遞減，她發出一聲低吟，覺得自己的心早已穿透身體，跟他們一同出門。

陳勻嫻認命著裝，想到自己為了一場會議而去不成兒子的開學日，她對於葉德儀的不滿又深化了幾分。話雖如此，在星巴克買咖啡時，她仍掏出手機，送了一則訊息。

「我有買Sophia妳喜歡吃的藍莓貝果哦，開會的日子，不要虧待自己的身體。上午8:15」

葉德儀回得很快：「勻嫻妳在哪？快到公司了嗎？準備上戰場了。上午 8:16」

陳勻嫻停了一秒鐘，這女人，她腦內掌管感性的部分是徹底壞掉了嗎？

手指在鍵盤上機械式地運作著：「快了，快到了。」

辦公室坐滿了八成，她沒有遲到，也算是晚到。陳勻嫻駝著背，如同在電影院一般，走過一排坐好的同事。葉德儀打開紙袋，露出一個嘉許的眼神。陳勻嫻沒自作多情，她懂這只是官方說法，在眼神的背後，葉德儀把下屬的付出視為理所當然。

換作是從前，她明知這個道理，還是會無可避免地感到傷心。今則不然，她有了更新的、更好的寄託，想到兒子身上嶄新制服的好聞氣味，便可以協助她放下悲憤。她已經在人生的不同領域得到了夢寐以求的餽贈。被葉德儀這樣辜負，也可以大方地視為某種命運的衡平。

會議結束，陳勻嫻躲進廁所，拉下馬桶蓋一屁股坐上，迫不及待想看丈夫是否傳了照片。楊定國的確有遵守承諾，傳了幾張兒子上學途中的照片，有幾張角度非常優秀，陳勻嫻像是訓練有素的星探，果斷找出其中最好看的，點選「下載照片」，準備待會發在臉書上。

她並不是那種會為小孩子創立臉書帳號，還以「童言童語」發文章的母親。這種做法，她有時看了也不由得冒起雞皮疙瘩。但她也必須招認，自己有點耽溺於把小孩的照片往社群網路上擺。為什麼會這樣？有部分是天底下多數媽媽的私心：我的孩子這麼可愛，不能只有我看到。另個部分是社群的推波助瀾。陳勻嫻自己的日常照得到的回饋與讚美，遠不及楊培宸的照片。

日積月累下，陳勻嫻乾脆從善如流，誰能抗拒這種得到關注的感覺？女人最不會嫉妒的對象，莫過於自己的兒子，兒子長得越好，越受人喜愛，她們比誰都榮幸。

陳勻嫻熱切地構思文章的內容，時間有限，得快點發出，她不能占用廁所太久。

一則訊息躍上了螢幕，來自梁家綺。

「妳今天怎麼沒來？上午 9:38」

「我剛剛在找妳，只看到 Steven。上午 9:39」

「本來想問他妳在哪，結果老師找我說話，沒問到。上午 9:39」

陳勻嫻胸口一縮，好險沒問到。若讓楊定國親自面對梁家綺，一定會出差錯。

「前天發燒，醫生說感冒了……怕傳染給小孩子。上午 9:40」

「我已經跟培宸隔離兩天了，這幾天都不讓他靠近。上午 9:40」

流感永遠是最完美的藉口。

台灣地狹人稠，病毒跟細菌的傳播多麼便利，沒有人會因為旁人得了流感而感到懷疑。這也是一個相當易於喬裝的疾病，下次見面時戴上口罩，從喉嚨裡提一口痰上來，再以氣音，微舉起手說：別擔心，已經快好了。所有的步驟即大功告成。只是她差點忘記，還有楊培宸的部分要考量。她可不希望為了這個謊，讓梁家綺警告兒子跟楊培宸保持距離。

剛開學的時期，可是兩人培養關係的關鍵時刻。

「還好嗎？最近的流感很嚴重。我身邊不少人也中了。上午 9:41」

「快好了，只是還需要休息幾天。謝謝家綺關心。有空再約。上午 9:41 」

「一定！妳好好保重。上午 9:42」

陳勻嫻按下沖水鍵，把手機輕輕地放入口袋。

回到辦公室內，葉德儀還在聽別的部門的簡報，沒有多看她一眼。

◇

陳勻嫻站在操場一隅，轉身看著校園的橫幅。綠樹成蔭，葉子摩挲，鳥聲啁啾。

即使楊培宸已在松仁小學就讀滿兩個星期，她還是不敢置信，自己的兒子能夠在這種環境接受教育。由奢入儉難，她漸漸想不起來，先前是如何說服自己把楊培宸送入公立國小。她差點就要把兒子的六年歲月，押在錯誤的選擇上。

前幾天，他們一家人碰巧經過那所國小，她停下腳步，估量著這所擦身而過的學校。

「圍牆太矮了。」她壓低聲音，一臉嫌棄。

「妳說什麼？」楊定國問。

「我說這所學校的圍牆好矮。」

「那又怎樣？」

「你沒看這幾天的新聞嗎？有陌生男子翻牆進入校園，拿著美工刀走來走去。你看一下，這裡的牆這麼矮，要翻進去不是太容易了嗎？若兒子讀這所學校，我一定擔心得要命。」

「妳何必庸人自擾呢？兒子現在不是在松仁嗎？」

「也是。」

想到兒子最終在松仁接受教育，陳勻嫻感到深切的滿足。方才，踏入校園前，她刻意打量停在校門口那些準備接送孩童的車子，她在心底平均著這些車子的價格，得到一個驚人的數字。這個數字令她再次確信，自己為兒子鋪了一條康莊大道。

這些車子的主人，一定不會草率經營子女們的養成和教育，而他們所悉心呵護的一切，將化為良好的言行舉止，在互動時傳遞給同儕——其中也有她的兒子。

移往兒子的教室之前，陳勻嫻留心關注其他教室。她想要知道，是否所有教室的規格與硬體設備均相當一致。挑明地說，她要確認：國際部的學生，是否使用更好的設備。

楊培宸跟蔡昊謙都是雙語部的。

私立國小可以粗分為三個方向：一般部，雙語部和國際部。以光譜來分，前者對於銜接台灣的中、高等教育是較無隱憂的，後者則以打算日後出國留學的學生占大宗。松仁小學八個班級，六個雙語部，兩個國際部。蔡昊謙跟楊培宸都就讀前者。

楊培宸讀雙語部，理所當然。陳勻嫺不解的是，為什麼蔡萬德沒把兒子往國際部送？就楊培宸帶給他的消息，蔡昊謙是在美國出生的，想當然也有美國護照。難道蔡萬德並不渴望兒子複製自己的路線，小學一畢業就出國當小留學生嗎？還是說，他們夫妻倆也還在考慮？雙語部的價值在於進可攻、退可守，說不定是他們夫妻捨不得，想把兒子留在身邊。雙語部，不論是接軌台灣教育，或是往留學的路線，尚有迂迴或轉折的餘地。

陳勻嫺拍了拍雙頰，待會要見柔伊老師了，她該停止思考這些無關緊要的問題。

她會走入校園，純粹是因為跟柔伊老師有約。

昨晚，在給兒子整理書包時，楊培宸說：「妳明天來接我時，可以來教室這嗎？」

「為什麼？」

「Teacher Zoe 要找妳。」

「誰？」

「我的英文老師，她要我跟妳說，她有事情要找妳。」

陳勻嫻皺了皺鼻子，聽起來不是件好事。

「她有說是為什麼嗎？是不是你在學校的表現很差？」

「才不是。我表現得很好。」

「那到底是怎麼了？」

「我不知道，Teacher Zoe 只有說，希望妳可以去找她。」

陳勻嫻於是半信半疑地踩進校園。

松仁小學不僅比常規的公立國小晚四個小時放學，對於必須兼顧工作的父母，還設立了課後班，放學時間推遲到六點。陳勻嫻八點半進辦公室，五點五十離開辦公室，六點十分到學校，沒有踩到葉德儀的地雷：為了接小孩而早退。遲到十分鐘似乎也還在老師的容忍範圍內。陳勻嫻再次感激，私立國小完美地將職業婦女們從狼狽奔波的宿命中拯救出來。

她輕聲來到教室後門，課程似乎已經結束了，楊培宸收拾好書包，面朝下，趴在書桌上，其他孩子，三三兩兩，聊天或打鬧。一名三十出頭的女子，坐在講台前，臉上掛著親切的微笑，看著學生們的一舉一動。女子一注意到陳勻嫻，隨即站起身來，宣布下課，請大家安靜地往校門口移動。女子走到楊培宸的桌子前，彎下腰，拍了拍楊培宸的手臂，不曉得說了些什麼。從陳勻嫻的角度，只能看到兒子又趴回桌面。從頭到尾，女子跟孩子們交談時，都以英文進行。陳勻嫻有跟上，只是她跟得很吃力。陳勻嫻頭皮發緊，她的英文聽力、閱讀尚可，口語則很差勁。她默禱著眼前這女子，千萬別以英文跟她說話。她可不是那些學生！

女子靠近時，陳勻嫻先發制人，以中文客氣詢問：「請問是柔伊老師嗎？」

柔伊老師點了點頭，沒有再往前，而是隔著距離看著陳勻嫻，狀似估量。

陳勻嫻的禱告沒有得到回應，柔伊老師先表明她的身分，接著，一點時間也不浪費地切入正題：她想要調整楊培宸的等級。陳勻嫻拚了命地聽，勉強搞懂了來龍去脈。簡單來說，入學時，松仁小學給全體新生做了英文的能力檢定，決定之後學生上英文課時是在普通班還是精進班。楊培宸當時的分數，在精進班的及格邊緣，幾次上課下來，柔伊老師判定情況不妙。

怕陳勻嫻沒搞清楚，柔伊老師以中文重複：「我覺得 James 到普通班，比較能好好學習。畢竟，大家不是總覺得，」柔伊老師側著頭，似乎對於以下要講的句子並不是太有把握，「給小孩子待在超過能力的班級，壓力太大了些？」

柔伊老師雙手環胸，悠閒地等待著陳勻嫻回覆。

陳勻嫻掙扎了幾秒，放棄以英文表達的念頭，理智告訴她，讓柔伊老師聽到她破碎不全的發音，只會加深柔伊老師認為楊培宸該去普通班的想法。

「柔伊老師，很謝謝妳告訴我這些……可是，我還是希望我兒子可以待在現在這個班級。也許他現在還有點跟不上，可是我知道他的個性，他會很努力跟上大家的。」

柔伊老師彷彿終於理解了什麼。她聳肩，又摸了摸鼻頭，彷彿想擦掉什麼。

從她的動作，陳勻嫻猜得出來，柔伊老師心中的不以為然：**又一個「高期待」的父母！**

「而且，他的朋友也在精進班，臨時轉到普通班的話，我兒子會很難過……」

「朋友？是哪一位啊？」柔伊老師精神一振。

「蔡昊謙，Chris。他們兩個認識，是朋友，Chris 也是被分到精進班，對吧？」

「哦，對，沒錯，Chris 也是我們這一班的。原來兩個小朋友認識。」

柔伊老師點了點頭，望著陳勻嫻的目光有了細微的轉變。

她看起來比之前更有意願傾聽，也沒有一副急著結束這場對話的模樣。陳勻嫻有意識到，但她猶未確定，是什麼改變了柔伊老師。

「我還是希望可以讓培宸留在 advanced。」陳勻嫻再度聲明立場。「培宸幼稚園不是讀全美語的，跟其他小孩相較，不是很能開口講，可是，身為他的母親，我了解他。他知道單字的意思，只是還不太能講。麻煩老師再給他一些耐心，我會督促他跟上大家的。」

「唔，好，那先這樣子吧。」柔伊老師似乎被說服了，「先讓培宸留在 advanced，除非他真的適應得很差，到時候我們再來做調整，妳可以接受這樣的安排嗎？」

柔伊老師回到教室，把楊培宸帶了出來。

陳勻嫻謝了柔伊老師，待兩人徹底離開校園，陳勻嫻咕噥道。

「你怎麼沒先告訴我，柔伊老師是說英文的。我沒有心理準備，差點嚇死了。」

楊培宸覺得這項指責莫名其妙。他脫下帽子，把帽子抓在手上，拔高聲音大喊，「妳只有問老師是不是外國人而已，我也回答妳了。妳自己沒有問清楚，現在才怪我。」

陳勻嫻一陣錯亂，兒子說的也沒錯。她還來不及回話，楊培宸又送來一擊。

「是媽媽妳的英文太差了，Chris 的媽媽都是跟 Teacher Zoe 說英文的。」

一股酸液衝上陳勻嫻的喉嚨，她狠狠嚥下，決心轉移話題。

「對了，在這個班級，你還習慣嗎？老師說你似乎有點落後？」她觀察著兒子的表情，「老師說，為了你好，她建議你先轉到一般班，好好學習，再看什麼時候能回到這個班。」

「那妳怎麼說。」楊培宸轉向母親，神情緊張。

「我說，希望你可以留下來。」她牽起兒子的手，「你會跟上的吧？媽媽可是為了你，跟柔伊老師拍胸脯保證了，你可不能讓媽媽漏氣啊。」

「妳真的這樣跟 Teacher Zoe 說？」

「對啊、然後，你跟 Chris 說話的時候，有沒有用英文？」

楊培宸輕輕搖頭，「他都跟我用中文。」

「這樣不行，從今天起，你跟 Chris 說話都得用英文，知道嗎？這樣子你才會進步。」

「這樣很奇怪欸？」楊培宸眉心緊鎖，「我不想。」

陳勻嫻想了幾秒，決定退讓。艾薇說過，語言要進步，「自然」是很重要的關鍵，尤其是對於敏感的小孩，一味地施加壓力，只會讓孩子以躲避的方式來面對語言的學習。她要向艾薇看齊。

她沒有再吭聲，緊牽著兒子的手，以急促的步伐行走在回家的道路上。

二十分鐘後，母子進入家門。陳勻嫻絕望地發覺，這一次，所謂的「艾薇魔法」失靈了，過往，教養上，若遇到什麼心頭覺得滯黏的問題，她傾向尋找部落客們的建議，尤其是艾薇的。當她放下公事包，坐在餐廳的椅子上，柔伊老師的言語依然在腦內一再重現。

「你真的不需要我幫你買一些英文書嗎？」

「我不想要書，學校裡很多書了。」

「那，你覺得，媽媽需要幫你準備什麼，你的英文才會進步呢？」

楊培宸語調平淡地說：「妳幫我買一台 iPad，我用電腦學英文。」

陳勻嫻眉頭一皺，「你確定買了 iPad，你可以學好英文？少來了。」

「我是認真的。」

「那你去跟爸爸說，看爸爸怎麼想。」

陳勻嫻是故意這麼說的。母子倆都知道，楊定國對於教養沒有什麼積極的主張，唯有一點，他不希望小孩太早接觸 3C 設備，他認為這會導致孩子遊戲成癮。

楊培宸小臉漲紅，惱怒地跺腳，「可是 Chris 跟班上的同學，很多都有 iPad，他們有下載一個遊戲，我也想玩，都只能拜託 Chris 借我。」

「啊哈——你看，被我抓到了吧，你果然是為了玩遊戲。」

「才不是這樣！那只是順便。」楊培宸狡辯道。

「爸爸是不可能答應的，你可以請 Chris 借你。」

「我才不要一直跟 Chris 借，他自己也要玩，我一直借，他會覺得我很煩。我要自己的 iPad，媽媽，拜託啦，買給我。Chris 說一台 iPad 那麼便宜，妳一定會答應的。」

「不是錢的問題，是其他的問題。」

「什麼問題？」

「你有了 iPad 以後，視力下降了怎麼辦？爸爸很在意你的健康的。」

「我保證，我玩半小時，會休息十分鐘。」楊培宸模仿電視學來的動作，右手舉高，左手撫胸。

陳匀嫻瞪著兒子，可能她今日心情很差勁，她覺得此時此刻的楊培宸看起來好無理取鬧。

假使楊培宸在路上沒有提出要她補英文的建議，她或許還願意假裝認真思考要不要給兒子買一台 iPad。陳匀嫻撐著身子，緩緩站起，今日處理兒子的額度已經耗盡了，該剩下一些難題給楊定國去對付。她蹣跚地往廚房走去，再也不想跟兒子吵鬧下去。

◇

晚上，陳匀嫻坐在梳妝鏡前擦乳液，楊定國從後面環抱住她，鼻子從妻子的背遊走到肩膀上。他露出一抹討好意味的微笑，手伸進去妻子的睡衣裡。

「小刺蝟，今天又是什麼事情惹到妳啦？」

陳匀嫻把丈夫的手給抓出來，沒好氣地努了努下巴，楊定國轉頭一看，陳匀嫻指的是她的手機。

他回頭望著妻子，陳勻嫻沒好氣地說：「你可以拿起來看。」

楊定國撇撇嘴，知道今晚沒戲唱了，他意興索然地輸入密碼。

「這是哪來的群組啊，怎麼都英文？」

「楊先生，這是你兒子的英文班級群組。你可以多花點時間關心一下你兒子嗎？你兒子被分到精進班，老師叫 Zoe，我今天才見過她。一個難相處的女人。」

「喔？為什麼這樣說？她怎麼了嗎？」

「沒什麼，就只是覺得這個老師的態度很驕傲而已。」

兩、三個小時前，餐桌上，楊定國不假思索地否定了購買平板的可能性，楊培宸賭氣地放下喝到一半的湯，哭著走進自己的房間，把門關上。陳勻嫻立刻想跟著進去，楊定國止住了她，說：「不要管他，只是得不到平板就這樣生氣，再縱容下去，他根本要被寵壞了！」

陳勻嫻扁了扁嘴，在丈夫跟孩子之間，這一次她選擇丈夫，誰叫她尚未氣消。

等了一陣子，楊培宸的房間依然沒有動靜，陳勻嫻轉開門鎖，兒子哭到睡趴在床上。應該把兒子搖起來，提醒他還沒洗澡嗎？不，她好累，不想要再收拾爛攤子了。陳勻嫻踏出兒子房間，打開筆電，準備以時下最火紅的韓劇來轉換心情。這份品味不是沒有被葉德儀消遣過，葉德儀說，韓劇的對白，怎麼看都與現實嚴重脫節，她無法理解這麼多女性為著虛幻的情節如此瘋狂。

陳匀嫺一邊用髮夾把頭髮挽起，一邊自言自語：「還不是因為現實中有妳這種緊迫盯人的上司，我們才要躲進虛幻的世界裡，難道連放鬆時都要想到妳嗎……」

登的一聲，手機的螢幕亮起，是 Line 的通知。

陳匀嫺本想略過，這種時間點，是葉德儀的機率很大。幾經思量，她恨恨地按下暫停，拿起手機，不是葉德儀，而是有人把她加入了一個群組。

Big Family of 108 (advanced)。

邀請人是柔伊老師。

「只是一個群組，有必要臉這麼臭嗎？」

「不然我也邀請你進來？」

「不要吧。」楊定國界線設得很快。

「那為什麼只有我要管這些事？難道孩子我一個人生得出來嗎？」

「可是妳看，群組內都是媽媽啊，我加進去也很奇怪吧。」

楊定國的拇指在螢幕上滑動，同時試著轉移話題，以免自己遭受池魚之殃。

「這個跟妳說 hi 的人是梁家綺吧？果然待過美國，英文感覺很好。」

「你不會看一下大頭貼是誰？是 Chris，這夠明顯吧。」陳匀嫻沒好氣地說。

分心的情況下，她不小心倒了過多的精華液在掌心上，她注視著那坨要價高昂的液體，嘆了口氣，往臉上抹，再帶到脖子上，以比平常更強的力道按壓。楊定國飛快地瀏覽，這個群組的資訊量更新的速度異常地快，他想到公司內，員工專屬的群組剛創建時，也是這副榮景。一、兩個月後，新鮮期過去，對話的頻率才降到有一搭、沒一搭的頻率。

「老師打的這一串什麼？我懶得看，妳幫我翻譯一下。」楊定國交還手機。

「她說，以後精進班的進度與需要父母協助的部分，除了告知學生之外，她也會發布在群組上，請各位父母盡心注意。如果有任何問題，也很歡迎你提出。」

「感覺是個好老師，外國人嗎？」

「我也不知道算什麼人，明明會講中文，卻堅持跟我說英文，外星人吧？」

「妳幹嘛那麼氣？」

陳匀嫻對於楊定國一副淡然而安的姿態有些惱羞，「因為今天被兒子洗臉英文不夠好的人，不是你啊，楊先生。你當然可以在那邊說我愛發脾氣。再說了，你剛剛也看到了吧，這些女人們有多恐怖，老師才發訊息，不到半小時，十幾個已讀！還可以用英文回老師！我壓力多大啊，我不像她們是全職媽媽，又出國留學過。我是有工作的。」

一段靜默，楊定國才澀澀地開口：「松仁也是妳想讓孩子念的，不是嗎？」

「你覺得這一切都是我自找的囉？」陳勻嫺拉下臉。

「我不是這個意思，妳先不要挖坑給我跳。」楊定國抹了抹臉，面露無奈，「我是說，當初妳不是就很清楚，會把小孩送來讀松仁的家長，多半是這種背景嗎？我知道，跟她們相處會有壓力，妳不要太有得失心。妳也知道，妳有工作啊，有空的時候再來看一下，不就好了？」

「你不懂這種壓力啦。從兒子一出生，你就不懂。」

陳勻嫺望著丈夫，放棄進一步解釋的念頭。

楊定國怎麼可能懂？做媽媽跟做爸爸，是不一樣的。

楊培宸出生時，接受檢查、測量身高與體重，明明楊定國也在場，醫生說話時，眼珠卻總是放在她身上，身高跟體重有兩個月沒有改變囉，回去調整一下飲食吧。這種話老是讓陳勻嫺沮喪良久，懷疑自己是否要調整母乳跟奶粉的比例，反觀楊定國，未受影響，還能一派無憂無慮地說，不要給自己太大的壓力，小孩子會有自己的成長步調的。

陳匀嫻有時覺得真是不公平，為什麼她必須要特別在意？為什麼醫生說話時，眼珠要盯著她而不是楊定國？難道他也覺得孩子的生長狀況主要是母親的責任嗎？

楊定國不可能懂媽媽們之間祕密的競爭心態。

對職業婦女來說，工作，絕對不是一個讓妳拿來當藉口，解釋自己無法全心全意照顧孩子的原因。有些媽媽，拿梁家綺為例好了，送完孩子上學，還能慢條斯理地煮一壺紅茶，配著報紙、雜誌，慢慢吃完早餐。她不是，她是另一種：走入捷運，想到待會要進入公司而心跳加速，會為了有人占著手扶梯左方而不耐煩。即使如此，世人對於她作為母親的標準，也不會減輕太多。

楊定國看出了妻子的怨懟，他不再說話，把兩人的手機各自放上了充電座。他攤開雜誌，靠著床頭靜靜閱讀。陳匀嫻倒在床上，心情灰暗。好煩躁的一天，覺得無力的當下，一個可怕的想法又攫住了她：說不定她在柔伊老師面前的笨拙表現，將成為柔伊老師跟其他家長間的談資，在她不在場的時刻，被提出來好好取笑一番。

想著想著，眼皮漸沉，她抱緊棉被，以一種戒備的姿態進入了夢鄉。

◇

幾天後，陳匀嫺又被加入到另外兩個群組。一個是班級群組，由班導師艾老師所開立。中文為主，偶有英文夾雜，她大大地卸下一口氣。另一個群組是家長限定，陳匀嫺一被加入後者，還有些不正經地截了圖，傳給楊定國：「家長群組（×）抱怨老師專用群組（○）。」

她學著梁家綺，默默潛水，偶爾回覆，主要是看著旁人互動。幾天下來，陳匀嫺確定了，這個群組，很可能是楊培宸進入松仁小學後，她最需要嚴肅以視的社交圈。

和班總共有二十八個學生，三位是混血兒。群組內只有二十五位家長。一晚，陳匀嫺拿著剛出爐的班級通訊錄，花了點時間交叉對照，有兩位台灣人，跟一位混血兒的父母沒有受邀加入這個群組。她對著螢幕，細細自語：到底是為什麼呢……

最常發言的人，不意外地，即為群組的創辦人汪宜芬，她的兒子從松仁附幼直升，還有一個女兒，目前在松仁小學就讀高年級，從對話判斷，汪宜芬急著說服所有人：自己極度了解松仁小學的活動與傳統。有這樣一位無微不至、瞻前顧後的角色，一些媽媽看似樂得輕鬆，才沒幾天，汪宜芬已有領導的架式。有些媽媽提問時，還會直接點出，希望這題汪宜芬能撥冗回答。

汪宜芬的丈夫是知名的影視從業人員，有時候能在螢幕上看到她丈夫接受採訪。

高中時，陳匀嫻對汪宜芬這種人物特別反感。

她有一個想法，憤世嫉俗，但往往正確：看起來越是古道熱腸的人，越是資質駑鈍。若想要交朋友，與其把一堆冗務往自己身上攬，她更寧願雙手一攤，袖手旁觀，透過成就與聲望讓別人主動與自己親近。但十幾年後，身為職業婦女的陳匀嫻，反而很感激到了這個年紀，還有人願意擔當這種角色。有了汪宜芬，很多事變得輕易，她不用開口發問，光是歸納汪宜芬跟其他媽媽的一來一往，便能整理出很多資訊，其中不乏一些敏感的話題。

舉例來說，有位媽媽在群組拋出問題。

「我老公對於當家委很有興趣，宜芬，妳老公是不是當過家委，有方法嗎？」

汪宜芬幾乎同步回應：「這問題妳私底下問，這裡盡量討論一些大家都有興趣的問題。」

陳匀嫻困惑了，這個問題，想知道答案的人並不少。她就很想釐清，擔任家長委員有什麼好處。艾薇曾寫過一篇文章，述說在松仁小學擔任家長委員的心情，陳勻嫻看過一回，覺得挺有意思，想再回去找時，發現艾薇把那篇文章刪掉了，她也不好意思去信詢問。

如今，汪宜芬表態這件事要在檯面下進行，引發陳勻嫻更大的興趣。難不成，擔任家長委員有什麼外人不知的利益嗎？否則，得捐錢的差事，怎麼一群人搶著做？

陳勻嫻試探性地傳訊息給梁家綺：「汪宜芬感覺懂好多事情啊！上午 11:35」

梁家綺到了下午才回覆。

「是啊！她兩個小孩都在松仁。下午 2:24」

「不好意思，剛剛去上瑜伽，現在才回。下午 2:25」

「那家綺，妳或蔡董，對於家長委員有興趣嗎？下午 2:37」

「艾老師有來徵詢 Ted 的意見，我想，Ted 應該會有興趣吧。下午 2:55」

「他對孩子的教育也滿在意的。下午 2:56」

話題就此打住了，陳勻嫻撫了撫胸口，想壓下從心口翻騰而上的不快。她不曉得該怎麼爬梳這份情緒，無庸置疑，班上同學的家長一字排開，蔡萬德極可能是政商關係最好，或次好的。於理，她明白，艾老師這麼做，無可厚非，只是情緒上有些複雜，她原以為這是一場公平的競爭。

◇

每個星期，家長群組內總是會鬧出一、兩件小風波。

有位媽媽，把一篇文章貼到了這群組上，陳勻嫻忙著招架葉德儀，僅匆匆瞄了一眼，標題是：同性婚姻，你不可不知的十件事。

同志婚姻合法化，在這幾年的進展，快得教他們夫妻倆有些摸不著頭緒，有時看新聞，覺得雙方立場各有破綻，沒有一方完全說服了她，因此，陳勻嫻最後的立場是：不支持也不反對。

她沒有點開連結，繼續用力敲打著鍵盤，想趕在葉德儀的時效內，交出演講需要的稿子。

直到梁家綺發了訊息給她：「群組內好尷尬啊……下午 3:34」

陳勻嫻不動聲色地停下動作，把手機撈進口袋，悄悄起身，走入盥洗室。

那個連結，原先未引起太多關注，底下還有媽媽貼上香港迪士尼的特殊慶祝活動，半個小時內，群組的焦點圍繞在「哪一間迪士尼最好玩」，幾位媽媽踴躍地交換意見，有一位媽媽自詡「迪士尼迷」，她去過全世界每一間迪士尼，光是東京，她去年帶著小孩去了三次。

一位媽媽突然表示意見。

「抱歉，可以跟各位商量一下，群組內不要討論一些敏感話題嗎？下午 3:11」

陳匀嫻用指尖梳了梳頭髮，試圖憶起這位詹雅琴是誰。

是 Sean 的媽媽，而 Sean 跟汪宜芬的兒子從就讀松仁附幼起，即為如膠似漆的好友。

所以，詹雅琴跟汪宜芬的好交情，也是不難想像的。

「我也這樣覺得，同志婚姻跟這個群組有什麼關係？下午 3:12」

汪宜芬的效率驚人，讓人懷疑她根本沒有離開過這個對話框。

「下一次請不要再這麼做了，這個地方是媽媽們單純交流資訊的小天地，不要讓政治給入侵了。下午 3:13」語末，汪宜芬還附上了一個笑臉，看起來格外嘲諷。

「不好意思，我按錯發送的群組了，抱歉打擾！下午 3:23」貼出文章的媽媽如此回覆。

陳匀嫻看著雙方的來往，滑回跟梁家綺的對話。

「壓力好大啊，我看我以後還是不要隨便發言好了。下午 3:40」

「是啊。我們就當旁觀者，旁觀者清！下午 3:42」

才剛說好「一起」當旁觀者，殺雞儆猴的插曲便發生了。

有孩子感冒了，暫定有三個小孩受到影響。小孩子們指證歷歷，最先開始打噴嚏的是

Brian，他在某一天上學，打了好多噴嚏，又不戴口罩。去接小孩時，陳匀嫻跟一位媽媽聊到這件事，對方聳聳肩，做出了評價：「我不是很意外，Brian的媽媽在一間婚禮顧問公司上班，忙得團團轉，我女兒說 Brian 一天到晚漏帶東西，真可憐，錯不在孩子身上。」

陳匀嫻微笑，官腔地回了一句，「現在感冒的病毒好像越來越強了。」

她不想要太快就批評任何一方。

因為她也是職業婦女。

晚上，一家人吃了陳匀嫻從市場外帶的麵食跟滷菜，楊培宸在寫作業，楊定國滑著手機，陳匀嫻不想去猜他是在玩手遊還是在看跟工作有關的事情，她只想把韓劇的集數追完，她躺在沙發上，懶得移動到電腦前，於是抓起手機看了一眼，噢，不，又是汪宜芬。

她很想視而不見，手指卻按了點開。

「Jonathan 從學校回來以後，開始發燒，剛剛去看醫生，醫生說是流感。我想，我兒子應該是第四個受害者。看到 Jonathan 連水都喝不下，做母親的我說有多心痛，就有多心痛，現在還得把他獨自隔離在房間裡，以免他傳染給大女兒。下午 8:23」

「天啊，Jonathan 還好嗎？下午 8:25」一位媽媽問。

「Jonathan 保重！Sean 今天回來，也說頭有點暈暈的。下午 8:30」詹雅琴說。

「哎，我已經在群組中張貼過好幾次，這次的流感很強，請各位媽媽多多注意。但很遺憾，有些媽媽可能一時疏忽，沒有把我的苦口婆心給聽進去，還讓已經出現感冒症狀的小孩來學校。除了我的兒子之外，還有至少三位家長的寶貝被傳染了。我希望這種事情不要再發生第二次，最後一次，拜託各位媽媽，小孩一旦感冒、發燒，請務必讓他待在家休養，不要再送來學校了。工作雖然重要，但也不要影響到其他人的權利。下午 8:46」

陳勻嫻有些不是滋味，汪宜芬有必要特別加上「工作雖然重要」這一句嗎？即使是全職媽媽，也可能會做出這種事啊，為什麼要一竿子打翻一船人？

這則訊息，已有十三位已讀。

不曉得其中是否包括 Brian 的媽媽，若有，陳勻嫻隱隱同情她。她想：我懂妳的感受，換作是我，也會把孩子送去學校的，不然我還能怎麼做？請假在家，並且被葉德儀再次貼上標籤嗎？不，這代價我付不起，我只能把口罩黏在孩子的臉上，再把他往學校送。

楊定國呵呵傻笑，陳勻嫻現在可以確定：他在玩手遊。

她把沙發上的枕頭往丈夫扔去，「你吵到兒子寫作業了。」

兩天後，陳勻嫻想找艾老師詢問課後班的其他選項。她請楊培宸等她一下。

艾老師跟兩名女人在走廊上說話，其中一名女子身材高大，講話時伴隨手腕大幅度地擺動，神情略顯激動，一名則嬌小沉靜，膚色白皙，臉上帶著明顯的雀斑。陳勻嫻站了一會，得知那名高大的女子即為汪宜芬，她比陳勻嫻想像來得年輕，強壯，另一位，她不曉得是誰。

「我之前就覺得 Brian 媽媽的心根本沒在 Brian 身上。」

陳勻嫻扁了扁嘴，天啊，還在討論這件事。

艾老師先認出了她，「嗨，James 媽媽，有什麼事嗎？」

「我想要問一下課後班的事情。」

汪宜芬與那名女子轉過身來，跟陳勻嫻打了個招呼，態度不冷不熱。

「妳可以等我一下下嗎？我在跟 Jonathan 還有 Sean 的媽媽討論別的事情。」

「沒關係，我可以等。」

那位臉上帶著雀斑的女子就是詹雅琴。

陳勻嫻怪自己的粗心，會跟汪宜芬一起出現的女人，不是很好猜嗎？

三名女子接續了被打斷的談話內容。

「確實，之前我也有發現，她好像沒有在幫 Brian 做複習，上課的範圍我都更新在群組了，隔天上課時，Brian 被我點到，還是不會，這狀況不止一次了……」艾老師語氣有些無可奈何：「我們做老師的，也不能說太多，以免被說撈過界。對了，Jonathan 媽媽，跟妳分享一件事，可是妳不要告訴 Jonathan，我怕他害羞。Brian 回答不出來的時候，Jonathan 其實會幫他。」

汪宜芬微笑，整顆心都要融化的樣子：「對，我家 Jonathan 就是這樣，巨蟹座的小孩，貼心嘛，他捨不得看人家尷尬。可是妳看也是因為他跟 Brian 那麼近，這次才會被傳染。艾老師，妳再去跟 Brian 媽媽溝通一下吧，工作要做，孩子也要顧啊。」

「我知道，我會再找時間跟 Brian 媽媽提醒一下這件事，真的非常對不起，我也有責任，我應該要早一點發現 Brian 的狀況不對……」

「老師，妳不要這樣說，一個班級，那麼多個學生，又要上課，又要管秩序，」詹雅琴開口了，她再次強調，「這件事很簡單，是 Brian 媽媽沒有盡到媽媽的責任。」

陳匀嫻想離開了，她舉起手，尷尬地笑了笑：「老師，沒事了，我剛剛想到，我的問題可以在學校網站上找得到，我回家自己看好了。」

「噢，好，那有問題，再保持聯絡。」艾老師朝她大喊。

陳匀嫻牽著楊培宸走離現場，直到她再也聽不到汪宜芬的聲音，她問兒子。

「你認識 Brian 嗎？」

楊培宸點點頭，「他坐在我前面的前面啊。」

「哦，那好險你沒有被傳染到感冒，因為 Brian 感冒了。」

「對啊，他流鼻涕好幾天了。」

「那我現在要跟你講一件很重要的事情喔。」

陳匀嫻停下腳步，直勾勾地看著兒子那雙美麗的大眼。

「你如果哪一天起床，覺得身體不舒服，你一定要跟我說，媽媽會幫你請假的。記住喔，千萬不可以勉強自己，你到了學校才開始流鼻涕的話，我就完蛋了。」

「為什麼？」楊培宸不解地歪著頭，想要猜出母親的意思。

「大人的世界你不懂啦。」

◇

十月，第一次段考結束了。陳匀嫻好意外，楊培宸拿到第五名。她以為兒子得花更多的心力，才有辦法適應松仁小學的雙語模式，除此之外，她也不覺得楊培宸在與柔伊老師互動上是有優勢的。她興高采烈地把這個消息告知楊定國，後者卻潑了她一頭冷水。

「沒想到他在松仁表現這麼好，英文也很高分，看來，要認真存錢，把他送出國了。」

「只是國小的第一次段考，妳不要這麼誇張，一下子想到這麼遠。」

陳匀嫻知道丈夫說的話有道理，只是她難掩激動：「欸，兒子考這麼好，表示我們兩個人的基因不差好嗎？你想一下，他們班多數都是松仁附幼直升的，起跑點根本不一樣。在這種情況下，我們的兒子還可以拿到第五名，你先不要掃我的興。」

陳匀嫻走過去，從背後抱住丈夫。

「你不覺得我們難得這麼幸運嗎？突然就有了從天而降的好機會。我一直很怕，兒子會適應不良。沒想到，我們兒子自己證明了，他是有辦法跟那些小孩一起競爭的。」

楊定國嘴巴動了動，似乎想說些什麼，末了，他什麼也沒說，跟妻子享受這靜謐的一刻。

陳勻嫻看得出來，楊定國把情緒收回去了。從楊一展坦承他失去了信義區的公寓，楊定國也跟著改變了，他如今說話，再也沒有兩人初識時的篤定與堅決。陳勻嫻也明白，那是因為楊定國自知辜負了對妻子的承諾，在這個家，他再也不敢大聲說話了。

餐桌上，楊培宸帶來另一則讓陳勻嫻振奮的消息。

「今天 Chris 很不開心，他說他昨天回家被媽媽罵了。」

「為什麼？」

「因為他考得很爛。他說，他媽媽氣到不想講話。」

「哦，考多爛啊，你知道嗎？」

「Chris 本來不說，可是到後來，他問我考第幾名，我說，你先說，我才要跟你說，他就跟我說了。他考第十七名。我跟他說，我第五名。Chris 就沒說話了。」

「那你有安慰 Chris 嗎？」楊定國說。

「我不知道要怎麼安慰他。」

「你好厲害呀，居然贏 Chris 這麼多，我們來慶祝一下好了。你有想要的東西嗎？」

「咦？」楊培宸喜悅地揚起臉，「我可以有禮物嗎？」

「對啊，你這次表現得那麼好，當然要獎勵你。不然，這兩個禮拜，讓你看電視到十點？」

「真的嗎？」楊培宸的視線往父親那方飄去，語調強忍著激昂。

為了發育與健康的考量，楊定國不喜歡孩子太晚睡。

陳匀嫻拉起兒子的手，興奮的泡泡從她的身體內部飛升而起，「當然可以。」

臨睡之前，陳匀嫻問楊定國：「你不覺得奇怪嗎？Chris 考那麼差。」

楊定國正準備換上家居服，襯衫的扣子扣到一半，他停下手邊的動作，等待妻子把話給說完。「我其實有點不懂耶，為什麼會這樣，梁家綺感覺很認真在教 Chris 啊。有好幾次，我搞不懂老師說的複習範圍，打電話給她，她講得很詳細，還會教我怎麼跟小孩解釋比較清楚。結果她的小孩自己考這樣。」陳匀嫻沒有發現自己的語氣帶點尖銳。

「可能 Chris 這一次考運不好吧。」

「考運不好，頂多退個幾名，跑到十七名應該跟資質有關吧。」

「這我就不知道了。」

楊定國察覺得到陳勻嫻在幸災樂禍，他不想跟妻子同一陣線。一來是因為Chris終究是Ted的兒子，見到老闆的兒子過得不好，他也連帶地起了不忍之心，二來是，他並不以為Chris跟自己的兒子是競爭關係，以他跟老闆的關係，他反而怕楊培宸的表現傷到了Chris。

「你之前有聽你老闆講過Chris的事情嗎？Chris在幼稚園的時候表現好嗎？」

「妳怎麼這麼在乎人家小孩過得怎麼樣。」

「怎麼可能不緊張，我們家小孩的學費是人家小孩的爸爸出的啊。」

對比起妻子的洋洋得意，楊定國的眼神閃過一絲僵滯，像是對妻子的情緒感到不安。他咳了一聲，闔上話題，「睡吧，我明天早上要開會。」

陳勻嫻沒有睡意，她拿起手機，驚喜地發現艾薇上傳了一篇新文章：

艾薇從懷孕時，一個月至少參與一場講座，每個月也訂購了跟教養有關的雜誌。大女兒要上幼稚園時，艾薇的老公跟婆婆都覺得找離家近、讓小孩可以健康快樂的幼稚園就好，沒必要送去讀全美語。艾薇當時也差點被說服了。可是在深夜裡，看著自己在女兒一出生時就訂好的英文學習教材，努力了這麼多年，就這樣放棄，實在是好不甘心啊……對不起小孩，也對不起自己當媽的責任。艾薇之後想辦法蒐集了一堆專家學者的文章，討論孩子語言的黃金成長階段不能錯過，終於說服了老公，也讓婆婆心服口服。母親是最了解孩子需求跟發展的人，永遠不要覺得，男人有辦法付出跟妳一樣的心力，在小孩的事情上，媽媽自己的立場不堅定，就會很容易在教養的事情上讓步。這是大忌。退讓了一步，別人就會要妳退讓第二步。艾薇自己也有差點動搖的時候，寫出來，不只是作為警惕，也希望大家可以共勉之。

陳匀嫻猶豫一陣，克服了心理障礙，在底下留言：「艾薇說得真是太好了。男人實在太不懂教養了。今天才因為小孩的事情跟丈夫有點不愉快，孩子在學校考出好成績，我想要認真表揚，給孩子建立信心的機會，先生卻覺得只是小考試，不必這麼高調。有時候覺得好累啊，一件小事也能搞到這麼不愉快。哎，有了小孩，才是婚姻真正生活的考驗……希望自己能像艾薇一樣這麼有智慧，謝謝艾薇的分享！學到很多！」

◇

楊培宸的爭氣，帶來了意外的好處，陳勻嫻結識了梁家綺以外的朋友，張沛恩。

張沛恩也是和班的家長，女兒叫 Shelly，她先是跟陳勻嫻請教楊培宸讀國文的方式，第一次段考時，楊培宸的國文是全班最高分，Shelly 竟是倒數第三名。

有人向自己請教教養的方式，多少讓陳勻嫻感到榮幸，她很熱心地回答張沛恩的問題，兩人不知不覺走得很近，如今，陳勻嫻私底下只會傳訊息給兩位家長，梁家綺跟張沛恩。

張沛恩七歲時跟著父母移民到美國，一路在美國接受教育，直到她完成高等教育，並順利找到全職工作。三十一歲時，張沛恩遇到從台灣去美國攻讀博士的丈夫，兩人在美國結婚、生子，三年前，由於丈夫在台灣找到了薪水還過得去的工作，為了丈夫的自我實現，張沛恩隨著丈夫搬回台灣。這整個過程，時常被張沛恩拿來自嘲：「我爸說，早知道就不要浪費一大筆錢，把我帶到美國去，好不容易在美國落地生根，我又跑回台灣。」

從這番對話，不難推敲出張沛恩本人的個性，活潑逗趣，沒有架子。她不明確地屬於任何一個圈子，認真說，她跟班上三位外國人媽媽還比較有話聊。

除了朋友的角色，張沛恩還有另一項很重要的功能：語言交換。張沛恩的父母為了讓女兒早日融入美國環境，規定在家裡也要盡量使用英文，長期下來，張沛恩的中文也鈍了，她回台灣已有三年，但 Shelly 先前上全美語幼稚園，她沒有學中文的壓力，直到今年，張沛恩的丈夫看好中文在未來的影響力，堅持將 Shelly 送進雙語部，張沛恩才驚覺大事不妙。她跟女兒的中文都得「惡補」一下。

張沛恩有時不能掌握群組內一些閒談的意思，她會傳訊息問陳勻嫻，確認自己的理解是否正確。

在陳勻嫻吐實自己的英文也「年久失修」後，張沛恩提議，說她們可以互惠，以對方不熟的語言進行交談。陳勻嫻覺得這是個很好的點子，她舉雙手贊成。

陳勻嫻很享受這段初萌的友情，張沛恩跟班上的多數媽媽們，有種不知從何解釋的格格不入，她在美國生活多年的背景，讓她無法輕易融入媽媽們的話題，可是，大家也不討厭她，大家還是暗暗介意著，張沛恩那貨真價實的「美國人」身分。

在張沛恩面前，陳勻嫻意識到，自己可以暢所欲言。她可以抱怨汪宜芬的跋扈，可以埋怨有些媽媽們說話時沒來由的優越感。張沛恩常聽得哈哈大笑。偶爾，看著張沛恩，陳勻嫻會想起張郁柔，若眼前傾訴的對象是張郁柔，得到的感動跟愉悅，應該會更多吧。

◇

工作時間，梁家綺傳了訊息過來。

「勻嫻，今天工作忙嗎？好久沒約出來聊聊了。下午 3:23」

這個邀請實在是有些誘人，陳勻嫻望了一下桌上的月曆，楊培宸入學兩個半月了。

Chris 沒有參加課後班，梁家綺給他安排了家教，換句話說，陳勻嫻去接楊培宸放學時，兩人碰不到面。這兩個半月，她們約出來見面，總共三次，兩次是單純吃飯，上一次，她們帶著小孩，四個人看了一場電影。那天電影院有宣傳活動，整個空間被擠得水泄不通，她跟梁家綺忙著看緊小孩，沒有多餘的心力聊一些彼此的事。陳勻嫻才想著，她們該找一天，只有兩個人，好好地坐下來，談些近日在意的事。還在醞釀這個想法，梁家綺已先行一步。

陳勻嫻往葉德儀的位子上看了一眼，不看還好，一轉頭便與葉德儀的視線對上。她飛快地縮回，真要命，葉德儀什麼時候才要放棄這種閒來無事就監看員工的壞習慣。

現在溜出去，絕對不是個好點子，葉德儀的表情寫在臉上：她今天心情不好。

即使是腹痛這理由，葉德儀可能也要忍不住碎嘴幾句。陳勻嫻痛苦地思考，她得趕快回覆梁家綺，不能讓梁家綺一直等著，她怕梁家綺等不住，先邀了別人。

緊要關頭，腦袋格外昏沉，陳勻嫻決定別再多想，以免機會流逝。

幾乎是她一站起，葉德儀的眼神就跟上，似乎在詢問怎麼了？陳勻嫻可以聽到血管簌簌地在自己的脖子奔流，她咳了咳，用一種含蓄，又能製造親密感的氣音說道。

「Sophia，我待會可以先走嗎？」

葉德儀面無表情地注視著陳勻嫻，心中已有了成見：「小朋友又怎麼了嗎？」

「不，不是，是我自己的事情。」

「哦，怎麼了，妳還好嗎？」

「沒什麼，只是頭有點悶，我兒子最近被同學傳染到流感，我怕我也是。」

「那妳快點回家休息吧。」葉德儀面露古怪，但未做進一步的主張。

這次見面，地點還是梁家綺的愛店，那間以茶品為主的餐廳。梁家綺氣色紅潤，心情很愉悅。她中午做了冥想瑜伽。她邀請陳勻嫻，下回可以一同上課，這課程是蘇若蘭推薦的。蘇若蘭之前壓力大得夜夜失眠，跟著這位老師上冥想瑜伽後，她的睡眠品質改善了不少。

「她看起來過得很好，沒想到有失眠的問題？」

陳勻嫻輕手輕腳地加了一些糖，小口小口飲著，同時想：梁家綺若跟她討論到小孩子的成績，她該怎麼應對？不能太謙虛，那看起來很刻意，也不能太過無足輕重，她也不想被誤解為一位不在意孩子成績的媽媽。她的心情時明時黯，呼吸緩不下來。

「那都是裝出來的。」梁家綺掩嘴而笑，「我要找個機會告訴小蘭，妳覺得她的生活很好，她知道的話，應該會很開心，表示她裝得夠像。」

「所以，並不是這樣子的嗎？」

「小蘭她過去這一年來，嗯，滿慘的。妳看不出來吧？妳上一次看到她，是……」

「是 Chris 的生日派對。」

「哦，對，那時候，距離他們家被報導出有資金周轉的問題，有半年了。老實說，不是太大的缺口，新聞也有點誇大，沒辦法，新聞嘛。雖然說，她老公真的把大安區的一戶樓中樓給賣掉了，但那並不代表什麼。記者的小題大作讓小蘭很心煩。不過，她現在有老師幫忙。」

陳勻嫻表面上在聽，事實上，她的思緒遊走到好多地方。

梁家綺真是個特別的女人。在 Chris 的生日派對上，她親眼目睹梁家綺是如何不費吹灰之力地就照顧好每一個人的情緒跟需求，她那時候以為，梁家綺的內心，勢必有些自視甚高，深入理解之後，才發現並不是這樣，梁家綺的談吐與想法，讓人很難不喜歡上：教養良好，自信從容。

然而，現在她有些困惑，梁家綺竟直接把蘇若蘭的事告知了她。

她以為，憑藉梁家綺與蘇若蘭的交情，以及，她本身與梁家綺的交情，梁家綺沒理由跟她說得這麼深層。沒想到，梁家綺對她毫不保留。這有兩個可能性：一，梁家綺並沒有這麼在意蘇若蘭；二，相較於蘇若蘭，梁家綺更喜歡自己。機率微乎其微，但陳勻嫻更喜歡這答案。

「所以，蘇小姐那邊的事，現在順利處理完了吧？」她繼續試探著。

「哦，處理完了。」梁家綺冷淡地說：「賠了幾千萬。Ted說，她丈夫那一次太好高鶩遠了，出手太急的後果，不是大賠就是大賺，他們那次運氣不好。但，有誰可以保證自己每次出手都是賺的？在圈內，誰沒有輸過幾千萬？下次出手前仔細一點，不就好了？」

「也是，也是。」

說什麼都是自曝其短，陳勻嫻喝了一口茶，讓自己看起來有事可做。

「目前培宸適應得還好嗎？」

「除了英文以外，沒什麼讓我們操心的。說來慚愧，以前讀英文的時候太懶惰了，口說沒好好練習，雖然有陪他念一些英文繪本，也有上雙語幼稚園，好像還是差一些……定國跟我說過，還是你們這種喝過洋墨水的人吃香，小孩天生就贏在起跑點上。」

這話立即產生了效果，梁家綺給打動了，她綻開笑容，沒有推辭，接受了這份讚美。

她搖了搖茶壺，裡頭沒水了，服務生很快地端走茶壺。

「匀嫻，好奇妙，跟妳相處時胃口特別好。我平常不會吃這麼多的。」

「吃多一些才好啊，妳太瘦了。」

「別說客套話，妳沒見過那些媽媽？大家表面上都說自己不在意身材，實際上在意得要命。」

「對，這是真的。」

這是另一種讓陳匀嫻感到納悶的現象，照理說，這些女人負擔得起市面上多數的食物，她們不必委屈自己的味蕾，可以日日享用五星級美食，把自己吃成大胖子。但，她們卻彷彿對食物產生了免疫力，一個比一個纖細，像是蘇若蘭，她擁有陳匀嫻看過最小的腳踝跟手腕。

「啊，對了，家綺，妳知道為什麼有些媽媽，沒有被加入群組啊？」

「我不知道，也許她們沒有使用 Line 的習慣？或者不想被加入吧。」

「對，有可能。」

「說到群組，匀嫻，我一直很好奇，妳為什麼都八、九點後才開始回覆，妳平常的工作很忙嗎？」

「呃，」陳匀嫻緊張起來，「該怎麼說呢，我必須說，松仁小學的功課、跟要參加的活動，實在是滿多的，我一開始也想要跟上，可是大家聊得好快，我一沒注意，就跟不上了。所以，到後來，我想說乾脆累積到晚上，下班時再來慢慢看好了。」

「原來是這樣，我以為是工作的問題。」

「工作多少也有占一部分的因素……」陳勻嫻為難著要吐露多少。

「勻嫻，妳很喜歡工作嗎？」

「該怎麼說呢，我想要休息一陣子很久了。我的主管越來越難相處了。」

陳勻嫻說出了實話，梁家綺間接得知了，陳勻嫻之前是避重就輕。

「既然如此，那為什麼不考慮休息一陣子呢？之前，班上有媽媽想邀妳一起茶敘，培宸在班上很受歡迎，大家都想多了解妳。我跟她們說，妳平日要工作，也不好約時間。」

問題一個緊扣著一個，陳勻嫻險些無法招架，她得審慎回答。

她擠出微笑，說：「因為我比較沒有安全感吧，覺得還是要有自己的收入。」

實情是，楊定國的薪水，支付完房貸、保險費、伙食、交通跟娛樂費用以後，餘額並沒有想像中寬裕。陳勻嫻計算過了，他們每個月的開銷，平均落在十二、三萬上下。一個月五萬的房貸占大宗。其次是保險，再來是楊培宸的教育費。他們當今的財務分配是，楊定國的薪水用來支付各式各樣的帳單，陳勻嫻的收入則轉入儲蓄的帳戶，除非必要，否則不能動用。

每一年，他們存下的錢，只比陳勻嫻的年收高出四十萬左右。換個角度來說，若陳勻嫻待在家中，少了她的薪水，他們一年僅能存四十萬，在陳勻嫻心目中，這數字無法擔保一個安詳的晚年。

這也是為什麼，陳勻嫻這麼渴盼楊定國能早日升遷，長期在工作與家庭中疲於奔命，陳勻嫻的體力和精神早已透支。陳勻嫻嚥了嚥口水，心如擂鼓，若在這個時刻，以同為女性的立場，跟梁家綺坦承自己對於丈夫升遷的希冀，是明智的選擇嗎？

陳勻嫻思考過周，而梁家綺詢問的下一個問題，則讓她失去了開口的良機。

「勻嫻，妳怎麼不早說呢。這很好處理的。我可以幫妳找到一些工作，妳不怎麼需要做事，一個禮拜出席、簽到幾次就好了，缺點是一個月只有三萬出頭。」

「這樣子做，不太好吧……」

「妳放心，一切都是合法正當，有根據的。之前選舉，一些朋友欠了 Ted 人情，是該時候跟他們討回來了，Ted 又不是做慈善事業的。怎麼樣？真的不用做事，事情會有別人來做，每個禮拜就是花一些時間，露一下臉。好好把握，我不隨意幫人拉關係的哦……」

梁家綺笑盈盈地看著陳勻嫻，彷彿兩人只是在討論要不要加點一份鬆餅。

關係，又是關係。

取之不盡、用之不竭的關係。有幫楊培宸講進松仁小學的關係，也有給陳匀嫻安排職位的關係。這些人際往來，織成一張細緻緊綳的網，什麼樣的難題都能給這一張大網實實地接住。這很可能是她跟梁家綺，楊定國跟蔡萬德，最大的不同。

「很謝謝家綺的提議，我回去再跟定國討論看看。」

茲事體大，陳匀嫻克制她如氣球一樣往上飛升的心情。

雞蛋不可以放在同一個籃子裡，同理，她不應該把所有的風險都押在蔡家上。仔細想想，不免覺得有些可怕：蔡家介入得好深，小孩的學校是蔡家拉來的，定國在Ted底下做事，假設連她的工作也是，她要怎麼還清蔡家的恩情？她能辜負梁家綺嗎？

「匀嫻，妳千萬、千萬不要覺得有壓力。」梁家綺似乎察覺到陳匀嫻臉上表情的變化，她伸出手來，蓋在陳匀嫻的手上，「我只是覺得跟妳一見如故，捨不得妳過得太辛苦。」

陳匀嫻默默無語，心情一下浸了鹽水，一下有蜜漬入。

道別時，梁家綺想起什麼似的，從桌子底下的置物籃，拿出一個堅固的紙袋。

一看到那巨大的雙環，陳匀嫻深吸一口氣，她想，這最好只是個紙袋。很多人喜歡以歐洲精品的紙袋裝一些書籍、紀念品、小禮物什麼的。如果紙袋內裝的，真的是她所想像的那樣物品，陳匀嫻不敢保證，自己今晚不會失眠。

「勻嫺，之前見面，我注意到妳的包包有點磨損了。我之前跟 Ted 去法國時，包包好便宜，又可以退稅，我買了好多要送給朋友。現在，妳也是我的朋友，這個送給妳。」

◇

辦公室內，陳勻嫺屢屢略過葉德儀的叫喚，葉德儀嘖了一聲，沒好氣地問：「醫生怎麼說？」

陳勻嫺傻愣了幾秒，才想起那個謊言。她連忙解釋：「沒事，不是流感，小感冒而已。」她回過頭來，強迫自己專注在那些表格與永遠整理不完的分析上，心思仍不由自主地回到了昨日。

一與梁家綺分別，陳勻嫺迫不及待地躲進捷運站的廁所，把紙袋裡的盒子給拿出來。菱格紋荔枝牛皮，搭配金鍊。她怔忡又狂喜，像是盒子裡有一尾嘶嘶吐信的眼鏡蛇，她迅即蓋上盒子，一來是不能再承受更多，二來是避免廁所的氣味逸進盒內。

她走出廁所，邊走邊滑著手機，一查到定價，她差點驚喊出聲。十三萬，人生第一只名牌包。她吞了吞口水，她不是沒有十三萬，只是在拿十三萬去買包之前，得越過層層疊疊的罪惡感。

有錢買這種包，是一個檔次，錢多到可以買這種包送人，是另一個檔次。有人在看著她，更正，看著她手上提的紙袋。從那個年輕女孩的目光，陳匀嫻看出了自己有多粗心，她根本不應該搭捷運，這樣子做，人家會以為她只是拿名牌的紙袋來裝雜物，她離開捷運站，決定用走的去接楊培宸，越多人看見越好，不是每一天都能像現在這樣神氣。

在松仁小學名列前茅的兒子，擁有名牌包的母親。

陳匀嫻發出一聲幸福的喟嘆。這麼多年以來，她第一次如此滿意自己的生活。

◇

楊培宸告訴她，班上有兩個學生，被老師公開表揚了。Jonathan 跟 Chris。

「老師說，因為他們的父母很幫忙班上的事情，老師很謝謝他們。」

「那，應該要感謝他們的爸爸擔任家委吧？謝謝小孩好奇怪。」

汪宜芬的出線，陳匀嫻並不意外。她的丈夫跟媒體的關係良好，校方自然會期待由她的丈夫擔任家委。她納悶的是，在群組中曾經詢問要如何當上家委的那位媽媽，她丈夫的名字並沒有出現在家委名單上，而是由另一名媽媽得到這職稱。

楊培宸扁著嘴，陳匀嫻的話，對他來說有些高深。他調整了一下下滑的書包肩帶，昂起臉，看著母親，「媽媽，妳知道學校之後要舉辦才藝比賽嗎？」

陳匀嫻目視著前方交通號誌的變換，冷靜地回答：「才藝比賽？」

「對，每個班級都要想一個活動。Jonathan 的媽媽說，她可以幫大家想。」

陳匀嫻打開 Line 的訊息窗，在上百則訊息中打撈可能的訊息。

「啊，看到了……」

一月份的才藝比賽的細部內容，汪宜芬張貼的。

過了馬路，陳匀嫻停下身子，讀著汪宜芬的提醒。

「這個才藝競賽，是所有新生，來到松仁小學這個大家庭，第一個正式活動。透過這個競賽，新生們可以凝聚起對班級的向心力，也可以培養團體合作的精神！我的大女兒，都已經六年級了，還記得每一年才藝競賽的主題！我鼓勵各位家長盡量參與這個活動，不要錯過小孩子難得的成長階段，尤其是這麼重要的！上午 9:25」

「你說，這個活動，Jonathan 的媽媽會幫大家？」

「對啊，之前 Jonathan 姊姊的班級，也是 Jonathan 媽媽幫忙的，他們拿過兩次第一名。老師說，Jonathan 媽媽很厲害，我們很幸運跟 Jonathan 同一班。」

「才藝競賽要幹嘛？你們挑一個主題？上台表演？」

「老師說，還要做道具。道具做得越厲害，越有可能拿到第一名。」

陳匀嫻翻了個白眼。一個小學一年級的活動，有必要講究到這種程度？

才小一的學童，連鉛筆都還拿不上手，哪有辦法做出什麼複雜的美工？她十分不解，這到底是誰跟誰的競爭。是各班級孩童？還是孩童們的家長？

◇

陳勻嫻將她跟梁家綺的對話，加上自己的意見後，告知了楊定國。

楊定國眉頭一皺，「不好吧，那個工作，妳去了不會有問題嗎？」

「可是不需要做事，就能有收入，有什麼不好？」

「我再想一下。我的直覺就是覺得不對勁。」

「我真的需要喘一口氣，我沒辦法同時做好兩件事。」

「我寧願妳直接辭職。」

楊定國把整顆頭埋進水裡，吐出大量的泡泡。兩人此時在浴室，楊培宸在看電視，他的笑聲不時穿入夫妻倆的耳朵。陳勻嫻明白，她應該給楊定國一些休息的時間，而不是在丈夫泡澡時，莽撞地衝進來，可是——她憋不住，再忍一分一秒都是痛苦，於是她闖進浴室。

「你難道不擔心存款的問題嗎？」

「妳要聽老實話嗎？我覺得存款不是主要的問題。」

陳勻嫻心頭一顫，她頭抬起來，定睛細看著丈夫。

婚後，她偶爾會忘記自己跟丈夫之間年齡上的差距。婚前，她像是個無知的小孩，楊定國說往哪裡走，她很少有第二句話，她很喜歡這種給人牽著走的感覺，作主是一項很傷腦力的活動，她寧願跟從信賴的人走。婚後則不然，許多選擇，變成由她來緊張、來操煩，她成了那個在前頭主導一切的人，楊定國則像是個後勤支援的角色，彷彿只要他能夠規律地為這個家庭帶回收入，就足以鞏固他在這個家庭的角色。不知從什麼時候起，這個家，每一個空間，每一塊瓷磚上，都飄浮著女主人的想法與意志。梁家綺的話，幽幽地在耳邊又迴響起，在圈內，誰沒有輸過幾千萬？

幾千萬，蘇若蘭的夫家是倖存者，而楊家沒能撐過去。

梁家綺說，下一次出手前仔細一點就好了。

問題在於，包括楊定國的父親，包括社會上的多數人，他們是沒有「下一次」的。

陳匀嫻垂首，眼珠盯著地板，抑制著情緒的波濤洶湧。

「有什麼好不能說的？我們都是為了這個家好。」

楊定國的眼中閃現一絲猶疑，他直視前方，搓著露出鬍碴的下巴。

「我覺得妳暫時休息一下，對兒子也好……」

「為什麼這樣說？」

「我覺得，家裡現在的樣子，好像跟我期望中的不太一樣。我也不曉得，該怎麼樣做才可以變成我想要的樣子。既然妳堅持要休息一下，我想，先這樣做吧。」

「什麼叫作你期望中的樣子？」

「哎。」楊定國嘆了一口氣，臉上的痛苦神情顯示出，他不想要回答這個問題。

「你說啊，你不說，我怎麼知道問題出在哪裡。」

長到讓人不安的沉默後，楊定國終於發了聲：「首先，我要強調一點，我講這些不是在怪妳，我知道妳真的很衰，遇到一個情緒管理有問題的主管，可是……」楊定國打量了妻子一眼，說了下去：「我有時候會覺得，兒子很可憐，因為我們工作都很忙，都不能好好陪他。」

「可是他沒有抱怨這件事啊。」

「那是因為他很體貼啊。妳有沒有發現到，每一次，葉德儀把很難的案子丟給妳，那一陣子，家裡的氣氛就很低沉嗎？我跟兒子都不太敢跟妳說話，怕吵到妳。」

「你不也會帶工作的情緒到家裡嗎？」被踩到痛腳，陳勻嫻下意識地反唇相譏。

「對，我承認我也會。」出乎意料，楊定國很爽快地承認了。「但，至少現在我只有工作上的情緒，妳不是，妳還有松仁小學的事情。我們讓兒子去讀松仁，不就是希望他進入更好的環境，接受更好的教育嗎？一開始，妳好像也很開心，可是……這幾個月下來，妳變得很容易有情緒。我知道，那是因為跟這些媽媽相處會有壓力，松仁小學又有很多活動。」

一口氣說了太多話，楊定國顯得有些不知所措，他停下來，拔掉水塞，隆隆的水聲，讓一時的無言以對變得沒那麼難受。楊定國站起身，跨出浴缸，拿起浴巾往身上抹。

「我也不知道怎麼說，可是，匀嫻，問題到底出在哪？我們送培宸去松仁，是為了他好，但妳看，有多少次，兒子想要跟妳聊學校的事，妳寧願先看那些 Line。」

「那是因為老師會在群組裡張貼一些跟課業有關的訊息。」

「撥一些時間給兒子，有那麼難嗎？我看妳有時候也不是在看班級的群組，而是在跟那些媽媽聊一些有的沒的，她們有比兒子重要嗎？」

「你不清楚我在班上的定位有多尷尬，」陳匀嫻不自覺地嘹起音量，「我不像那些媽媽，她們是專職的，她們只要做好媽媽這個角色就夠了，而我呢？我白天要上班，葉德儀又成天神經兮兮，緊迫盯人。我如果不把握晚上的時間跟她們套交情，我不知道，如果哪天出事了，我會不會像 Brian 的媽媽一樣……被圍剿。」

「Brian 的媽媽？她又是誰？」

陳匀嫻簡短地報告了前些日子流感話題在班上引起的風波。

「妳們真的太大驚小怪。」楊定國不可置信地搖頭。

「請不要用『妳們』這兩個字，我可不像她們那樣閒閒無事。」陳勻嫻冷冷地更正。

「好吧，『她們』真的太多時間了，我不懂，只是個感冒而已，有必要搞到這樣人心惶惶嗎？我看汪宜芬跟那個誰，她們應該要找點事做，而不是一天到晚吹毛求疵。」

「她們已經有事做了，就是**全職媽媽**。」

「那可以算是一份工作嗎？」

「楊定國，你這句話最好不要傳出去。」

「好吧，我收回。事實上，Ted 有一次提到，他覺得這種學校，很容易有一堆緊張兮兮的媽媽。之前 Chris 還在幼稚園的時候，有一陣子，他老婆被這些事弄得很煩。」

「你說梁家綺被別人弄得很煩？怎麼可能？她是勝利組欸。」

陳勻嫻下意識地不相信，懷疑這是丈夫為了安慰她而編造出的故事。

她根本無法想像，梁家綺會有因為人際關係而困擾的一天。

魚有溺死的可能嗎？應該沒有。

「是真的，我有印象，那一陣子，Ted 請了一個人去接 Chris 上下課，因為他老婆太累了。」

「那、那為什麼……」

陳勻嫻開不了口，只能任由一個又一個疑問在胸中緩緩沉落，為什麼梁家綺隻字未提？她記得之前兩人也有帶到幼稚園的話題，那時梁家綺並沒有說什麼。

「小嫻，我有個提議，妳參考看看，不一定要聽我的。」

「你說看看。」

「我覺得，妳不要太常把那些媽媽們的意見放在心上，她們就真的只是太多時間了，對，她們是全職媽媽，全心全意顧小孩，很好，但是，這不表示那些要上班的媽媽，就不是好媽媽啊。妳覺得很累，工作壓得妳喘不過氣，所以要退下來休息一下，我舉雙手贊成，但、如果是因為受到這些媽媽的影響，我也不確定……這會不會太衝動了？」

楊定國說得很對，簡直不能再說得更好了。

但，正確的言論，並不是陳勻嫻想聽的。她想聽的是承諾。

承諾無論自己怎麼選擇，都會有人願意一起承擔這個選擇所帶來的代價。

「老公，我知道你說的是對的，可是……哎，怎麼說呢，我還是想休息一下。倒不是因為這些媽媽們的影響，而是，我覺得，我真的很累。我被夾在中間，你看得出來嗎？葉德儀為什麼對我特別刁難？因為她就是對有小孩的女人有偏見啊。她覺得我們不可能對工作百分之百付出。而松仁小學的媽媽又是怎麼想我的？是不是表面上客套，私底下覺得我都把心思放在工作上？最後，還有一點，我覺得我們都沒有想清楚。」

陳匀嫻輕鬆地把主詞從「我」轉換成「我們」，逼楊定國注意她的說法。

「松仁有這麼多人脈，我們兩個人卻都把精神放在工作上，不覺得這很奇怪嗎？」

楊定國嘆了一口氣：「好了，先不要這麼激動，兒子會以為我們在吵架。」

「他才沒有在管我們，他看電視看得很開心。」

陳匀嫻拉開了門，從門縫望出去，她沒料錯，楊培宸深深把握著這難得的縱容，眼珠緊黏在電視螢幕上，雙手緊緊抓著褲管，小嘴微張。浴室的熱氣隨著門縫溜了出去，陳匀嫻感到一絲沁涼，她深深吸進一口氣，轉過身，再次看著丈夫。

「老公，我辭職的話，你可以接受嗎？」

楊定國穿上了家居服，他擦拭頭髮，眼珠盯著地板，閃躲著妻子的注視。

時間流逝，可能是三十秒，或一分鐘，陳匀嫻按著脖子，頸動脈得得地鼓動著。

「那就這樣做吧，我只有一個條件是，我寧願妳先暫時在家裡，把家裡的事情給照顧好，這就夠了，至於工作方面，回絕掉梁家綺吧。」

「你真的不覺得可惜嗎？有管道為什麼不利用？」

「小嫻，妳是真的不懂嗎？」楊定國的語氣生硬，「兒子的學費是 Ted 付的，若連妳的工作也要由 Ted 的老婆去安排，我算什麼？我寧願更主動地去爭取老闆的賞識，多加班。」

「可是，這樣子……錢夠用嗎？」

「就先燒一下之前的存款吧，存錢不就是為了要應付這種時候嗎？」

「你會不會覺得我在給你壓力？」

陳匀嫻明知不應該問出這種蠢問題，可是她忍不住。這可能是他們結婚多年以來，重要性僅次於買房的決定，恐懼與興奮不斷地從身體深處冒出，反覆戳刺著她的感官。

「當初結婚時，我有承諾過妳，錢的事情我來負責。況且，不管是什麼選擇，我相信都是為了讓這個家可以更好，培宸可以更快樂。妳快樂，兒子也會更開心。」

陳匀嫻驚喜地看著丈夫，眼前的楊定國令她感到遙不可及，又近在咫尺。

她無法否認，自己在婚後對於楊定國日益失望，常在心中暗想，這人危機意識不足，又過於安逸現狀。楊定國的表態驅逐了籠罩在她心底的層層迷霧，再一次，她相信他們夫妻是一體，要共同解決這個家庭所面臨的危機。

◇

得到楊定國的支持後，陳勻嫻並沒有如想像中的卸下胸口重擔。她反而失眠了。楊定國的言語，摻雜著她自己的感受，不停地在腦海中翻攪。她翻坐起身，走到客廳，沖了一杯薰衣草茶，再端來紙筆，寫下數個選項的優劣與風險。等到窗外傳來啁啾鳥聲，天亮了，她也下定了決心，要再做最後一次的突破：她要跟葉德儀商量留職停薪的可能性。

自從她進入這個新世界後，透過觀察，她已能夠掌握出一些現象的雛形。松仁小學媽媽們的定位，若以金字塔為區分，她，陳勻嫻這號人物，很可能位於最底層。因為她要工作，而且她的工作並不擁有什麼顯赫的頭銜，更與「自我實現」四個大字扯不上邊。

至於梁家綺與其他條件差不多的媽媽們，留美學歷，表示能力不差，家世純良，嫁給可貴的對象，無論是夫家在台北、中國及美國所擁有的不動產，或是丈夫個人的年薪，都足以讓這些女人們珍藏起自己的學養，用在撫育這些上流階級的下一代。

陳勻嫻原以為，這個階層已是最高端，其上再無他人。

但，這幾個月的旁觀，她意識到，梁家綺所代表的這階層，並不是最高等級。最高端的階級，是那些可以用自己的名字來進行社交，而不須附庸於丈夫或孩子名字的女性。像是

Ameilia 的媽媽 Ivy，她的娘家以鞋業起家，傳到她這一代，她學設計，並鼓勵弟弟學行銷，姊弟倆開創了一個全新的品牌，這幾年漸漸打響了名聲，Ivy 上過好幾次人物專訪，分享女性創業心得和保養祕笈。

Ivy 的丈夫是父親摯友的兒子，在父親開創的營造業底下工作，夫妻倆各自衝刺，據說 Ivy 一年的分紅上看千萬。最理解 Ameilia 生活的是她的保姆，菲律賓人，來台灣十年，仍一口破爛中文，因為沒有人跟她以中文溝通。Ivy 很少回覆群組內的訊息，但她每一次回覆，總讓人蠢蠢欲動，其他媽媽們會比平常更踴躍，像是老師提問時，台下那些奮勇舉手，以唇語吐出「選我、選我」的孩童。所有人都對於能夠跟 Ivy 對到話而覺得榮幸，包括陳勻嫻。

有時候想到自己與「會出現在雜誌跟電視的人物」圈在同一個群組內，她也抑制不住上湧的虛榮感。Ivy 這種女性，雖也可以稱之為「職業婦女」，但這只是分類上暫時想不到更適切的說法，Ivy 所享受的讚嘆，所得到的豁免，跟成功男性沒兩樣，陳勻嫻能夠保證，若是 Ameilia 把感冒病毒帶到了班上，鐵定沒有人敢出聲苛責 Ivy，了不起只是慫恿 Ivy 罵家裡的阿姨幾句。Ivy 這種女性，又比梁家綺高一個檔次，因為她做到了梁家綺也做不到的事情：她可以不用為了 Ameilia 的表現而患得患失，除此之外，她讓所有媽媽，哪怕是汪宜芬，都顧忌三分。Ivy 如果要管事，絕對可以取代汪宜芬的地位，成為群組內的領導者。諷刺的是，她對於這個位置毫無興趣。

還有一種存在，陳勻嫻尚在思考，究竟要置放在金字塔哪一個水準上。

班上有一位學生 Iris，媽媽董倩是小有知名度的「名媛」，娛樂版上，可以看見她與當紅藝人朋友出席時尚派對的合影，往往不是站在正中央，更像是一旁插花陪襯的角色。但這並無損於其他媽媽對她的嚮往，大家已不是十五、六歲的青春少女，只會轉著遙控器，對於檯面上的人物悻悻地調侃：「這誰啊，又不紅。」都三十幾歲了，早認清雜誌上小小一格版面，電視上閃過的幾秒鐘，都是千載難逢的機會。出言嘲笑的人，哪怕是傾家蕩產，也不一定換得到這種待遇……

跟 Ivy 一樣，董倩也不是那種全心全意對待自己小孩的母親。

班上有一位媽媽，表姐跟 Iris 一家人住在同一個社區，她跟梁家綺透露：董倩很常為了出席一些時尚聚會，而把媽媽從娘家叫來支援，幫忙接送小孩、料理晚餐以及接待家教老師。董倩自己則在外待到晚上十一、十二點，有時甚至過了半夜，才搭計程車回家，那時候孩子早已睡下了。

梁家綺把這八卦講給陳勻嫻聽時，也罕見地多講了幾句：「董倩之前接受雜誌專訪，還一副自己是多麼在乎小孩教養的姿態，大家都搞錯對象了，應該要去訪問董倩的媽媽。」

照理說，董倩的形跡比 Brian 媽媽更誇張，應該會招致更多人的質疑與批評。然而，在群組中，大家對於董倩展現出極大的同理心，哪怕董倩時常丟出一些伸手牌的問題，也有人好聲好氣，悉心講解。對此，陳勻嫻嘖嘖稱奇。

總而言之，她覺得這個金字塔很詭譎，中間階層的媽媽，跟下面階層的媽媽，隱隱約約競逐著對於親子教養的熱衷程度。而上等階層的媽媽，則時常將教養的義務給外包出去，對於孩子的表現也不是百分百上心，有趣的是，大家也很吃她們那一套。

再來談汪宜芬吧，她跟梁家綺的條件十分類似，唯獨一點不同，說穿了就是有點土，她想要權力，就會用力地去爭取。陳勻嫻猜，汪宜芬跟 Ivy、董倩，私底下應有接觸過，Ivy 曾在群組中直接點出汪宜芬，謝謝她對班上事務的用心，從此，汪宜芬的地位，未再有人挑戰。

陳勻嫻承認，在葉德儀底下工作雖然勞苦，但她不是很篤定，自己可以勝任全職媽媽這個角色。她甚至懷疑過，那些全職媽媽真的安於這個身分嗎？辭掉工作後，她能夠理所當然地離開最底的階層，進一步往中間階層靠近嗎？

以汪宜芬跟梁家綺來做比較，她確定前者是真的熱愛這角色，至於後者呢？她複習起梁家綺跟自己的少數會面，也不曉得是不是個人的錯覺，梁家綺時常給她一種跟 Chris 有距離的感覺。梁家綺在講到 Chris 時，總是有種淡淡的苦澀與不耐。這會不會是全職媽媽的副作用之一？因為放了太多心思在孩子身上，時間一久，漸漸顯露疲乏？

這一點，艾薇也有寫文章分享過。

艾薇辭掉工作，專心陪伴一對寶貝的日子裡，也有過迷惘的歲月。尤其是看到還在職場上奮鬥的媽媽朋友們，也會懷疑自己的選擇真的正確？那一陣子，艾薇甚至想不開到，無法跟自己的小孩好好相處，整個人浸泡在自我懷疑之中，失去了以前一看到小孩就覺得擁有全世界的快樂。如果兩個小孩的表現，比不上那些職業媽媽的小孩，怎麼辦？會不會有人覺得我很弱？艾薇開始胡思亂想，對兩個小孩的態度，也變得不像一開始有耐心跟愛心。後來，是老公發現到我怪怪的，問我到底是怎麼了，為什麼不像是一開始那樣，那麼享受在家陪伴小孩成長的樂趣？我問他：老公，如果我沒有把小孩給帶得很優秀、很聰明，你會怪我嗎？老公說：當然不會啊，因為我知道，妳很盡心盡力了。聽到這句話，艾薇鬆了一口氣，知道說就算自己沒有把小孩帶到前三名，也沒關係，反正孩子的基因是父母給的，如果我拚了命地在教，小孩還是一天到晚耍白目給我看，老公也要多少負責任吧（笑）。好險，在松仁的日子中，兩個寶貝常常是考試跟比賽的常勝軍，也不枉費我給他們兩個人安排了這麼多課程。見到他們的獎狀後，艾薇的焦慮也被治好了大半。請大家相信，全職媽媽雖然犧牲很多，可是孩子會為我們帶來豐富的回報！

這篇文章，陳匀嫻如今來看，多了很多第一次閱讀時所沒有的感觸。她不免想著，這麼多女性，都為了要做職業婦女還是全職媽媽所苦，是不是因為兩條道路，都有微妙的辛酸，也有奇特的滿足？她趴在桌子上，決心暫時以留職停薪作為退路。這是她目前所能掌握到最保守的策略，而唯一的挑戰在於，她得說服葉德儀讓她這麼做。

至於下一步，她有個未成形的念頭，自己應該要擴展眼下的人際圈。

她要再跟更多的媽媽們打好關係。

◇

陳匀嫻有料到自己可能會被葉德儀拒絕，但她沒算到葉德儀這麼狠。

「妳知道吧，去美國分行的交流，我屬意妳也跟著一起去。匀嫻，妳自己知道老董有多看重這次我們出去。這個時候，妳說妳要退下去？」

「Sophia，對不起，我很謝謝妳的賞識。可是，我的家庭也需要我……」

「賞識？說這種話有什麼用？妳有把這件事放在人生的 priority 上嗎？我看是沒有，否則妳不會這樣得寸進尺。妳現在的位置有多少人在覬覦？妳不會不清楚，比妳學經歷更好的人才，大有人在。我是念在我們之間的舊情，才讓妳留在這單位。現在，妳看妳是怎麼報答我的？」

雖然早有準備，話語實際穿入耳朵時，內心的回音仍震耳欲聾。陳匀嫻幾乎要浮誇地掩住胸口，好壓抑快要奔出喉嚨的心臟。葉德儀怎麼好意思說出這種話？陳匀嫻永遠忘不了，葉德儀是如何在辦公室內，如同老鷹盯著肉般，監看著她的一舉一動；而在她為了楊培宸生病或受傷，而不得已請假前去查看時，那自身後響起的涼涼祝福。陳勻嫻更不會忘記，那些被強逼著要一起挑燈夜戰的日子，凌晨三點，她們等著計程車，陳勻嫻的眼睛快要不能睜開，葉德儀興奮地拍打她的肩膀：等我們撐過這一關，再回來看這些日子，一定會很感激自己。陳勻嫻昏累地想，不，沒有我們，因為我跟妳是不同的。

某種程度上，可以說，葉德儀是可憐的，她把多數的時間都投注在工作上，可是她自己也沒有信心這個選擇是否正確，只能從下屬身上，榨出對於這個選擇的認同感跟成就感。

一個心折，陳勻嫻變得很想放棄跟葉德儀周旋下去，直接投降，辭職吧，她想。回來之後，還不是要再跟這個女人接觸？想是這麼想，一開口，卻又不是這樣。

「Sophia，我知道，是我不識好歹，是我辜負妳的栽培。做出這個決定，我也很難過。只是孩子現在小一了，開始有點狀況，我的先生怕我們再不約束一下，以後再介入，孩子可能也不想要聽我們說話了。」這席話半真半假，陳勻嫻講起來不無心虛，「Sophia，妳若真的覺得我辜負了妳的期待，我可以體諒，這件事百分之百是我的錯、我太自私……」

葉德儀沒有立即搭話，陳勻嫻的真情流露令她的刻薄少了著力點。

「話也不是這麼說……」

陳匀嫻眉頭一昂，明白自己的以退為進產生了效果。

「我的年資跟考績都符合內規……可是時機點不對，對嗎？」

「也不只是時機點的問題。哎，很棘手。」

「Sophia，我知道這樣做不對，但、到了這時候，我也只能請妳……接受我的微薄心意。」

陳匀嫻從桌子底下的置物籃，拿出一個體積不小的紙袋。紙袋上那巨大雙環，連見多識廣的葉德儀，眼中也不免露出精光。苦楚捲上了陳匀嫻的胸窩，葉德儀那張因興奮而漲紅的面頰，她也曾擁有過。陳匀嫻把心一橫，伸直雙手，將所有的籌碼交了出去。

「匀嫻、妳這是做什麼？」

「Sophia，這是我請朋友在蜜月時代購的，我也不確定妳是否會喜歡，就自作主張了。」

葉德儀左手在凌空遲疑半晌，觸了紙袋的提手。

這一觸，陳匀嫻知道事情還有轉機。

「哎，妳這又是何必。」

「Sophia，千萬別這麼說，我一直很感激妳的提拔。但自從小孩在學校出了點狀況，我丈夫開始怪我，不像一般的媽媽，孩子生出來就充滿母愛。他甚至搬出我公公的名義，逼我回家專心顧小孩一陣子。我為了這件事，跟他吵到幾乎要離婚了……我想破了頭，發現自己沒有其他路可走，只好硬著頭皮來求妳。當然，我知道是我太自私，可是Sophia，請妳體諒我的苦衷，除了妳……沒有人願意對我伸出援手。」陳匀嫻抽了一張衛生紙，按了按腫脹的眼窩，本來沒有的淚意，給這麼一刺激，也順理成章地流出來。

「Sophia，求妳收下這點微薄的心意。是我的要求太過分。自從我想破頭，決定要請Sophia 妳幫這個忙之後，我就想，天啊，我怎麼可以這樣讓妳陷入兩難。我告訴自己，我得做點什麼，好對得起 Sophia。妳也知道我們是很普通的家庭……」

葉德儀縮回手，倒在椅子上。她扶著自己的額，搖了搖頭。

跟桌子相較，紙袋的比例大得驚人。別桌的客人視線飄過來，又飛快地逃回去。

像是等待受審的犯人，陳匀嫻的呼吸跟心跳都劇烈地增快了。

「匀嫻，妳知道嗎，我就看不起妳們這種女生。」

陳匀嫻瞪大眼，籠罩著兩人的氣氛，一瞬間有了戲劇性的改變。

「當初上面的人知道我看好妳，還潑我冷水，說妳一看就是那種會辭職回家顧小孩的女人，我不信，還獨排眾議，把最有挑戰性的工作交給妳。我拿我的眼光在賭，賭我不會看走眼。」

葉德儀舔了舔嘴唇，視線故意不放在陳勻嫻身上。

「現在妳看妳是怎麼對我的？只是孩子在學校不適應，就放下工作去看他？妳說妳只需要休息半年，那我問妳，半年後，如果妳兒子還是適應不良呢？」

「Sophia，我跟妳保證，我絕對只會……」

「不，」葉德儀打斷陳勻嫻，「現在妳是不是要跟我保證，僅此一次，下不為例？勻嫻，虧妳在我底下工作這麼久，到現在還不明白我的個性？」

陳勻嫻眼中露出怯色，「Sophia，我不懂妳的意思……」

「現在，我給妳兩條路。一是假裝這場對話沒有發生過，所有的計畫照舊，妳拿出百分之百的決心，準備這一次跟美國分行交流的事，寫報告的責任我會交給妳，credit也是妳的；二是，妳就徹底回歸家庭，變成那種成天繞著小孩打轉，光是為了小孩哭了要馬上安慰，還是過三十分鐘後再安慰，就可以花一整天爭論的那種女人。」

「Sophia，我求求妳……」

「不要求我，天底下沒有魚與熊掌兼得的事。妳怎會覺得我會縱容妳到這個地步？此例一開，有多少人會模仿妳？真以為妳可以have it all？」彷彿嫌陳勻嫻不夠痛苦，葉德儀再次趁勝追擊，「把妳的包包收起來吧。妳辜負我的，不是一個包包就可以償還的。」

談判破裂，陳勻嫻拎著包包，步履沉重。走到下一個路口時，她再也壓抑不住，恨恨地踢了路旁的垃圾桶，也不在意路人的目光。葉德儀真可恨，不答應便算了，還要斷掉她的後路。她安慰自己，這樣也好，至少她不會太感激葉德儀。陳勻嫻忽然覺得自己好可憐，梁家綺，汪宜芬，甚至是張沛恩，她們的人生中，有過這麼難堪的時刻嗎？對她們來說，人生不就是 have it all？

水滴掉在她的臉上，陳勻嫻以為是哪戶人家的冷氣在漏水，不，是下雨了。她看著灰陰的天色，就近躲進了一家百貨公司，選了一個較少人煙的樓層，踩進化妝間。一坐在馬桶上，陳勻嫻把臉埋進掌心，抽泣出聲。她猜她的聲音會嚇到一些人，至少隔壁的人，她無所謂，她覺得自己值得一場充分淋漓的哭泣，心一定，她拋開羞恥，大哭起來。

◇

兩個月後，再想起在廁所裡哭出聲的自己，陳勻嫻只想大笑。若可以的話，她多想乘坐時光機器，安慰當時的自己：「別哭了，離職後，妳的日子不能再更好了！」

更精確地說，離職後一個月她才嚐到甜頭。前一個月，免不了要跟楊定國解釋當天的情況，楊定國不相信葉德儀會這樣對待共事多年的下屬，一直要妻子「說實話」，直到陳勻嫻宣稱，她要把葉德儀的號碼交給楊定國，讓他自己去問清楚，楊定國才終止了拷問。

而娘家則是另一個坑。陳勻嫻先把離職的事告知陳亮穎，請姊姊跟爸媽講一聲，陳亮穎才掛上電話，陳勻嫻家中的電話幾乎在同一時刻響起。

「宸宸的學費不是很貴嗎？這時候辭掉工作好嗎？」

「媽，錢的事情不要緊。我公公有給我一筆錢，那筆錢可以讓我們好幾年都不用煩惱經濟的事情。」陳勻嫻眼也不眨地扯著謊，一個接著一個，「而且，定國跟我有在考慮生第二個，我朋友們說，小孩子一旦差太多歲，就無法玩在一起了。培宸已經六歲了。」

這個話題成功地轉移了話題的重心，簡惠美發出一聲如釋重負的嘆息。

「我跟妳爸一直在想，你們什麼時候才會生第二個，還以為你們沒有要生了呢。」

「我們有在考慮，還不確定答案。台灣現在的大環境不好，只生一個比較沒壓力。」

「可是，有必要因為這樣就不工作嗎？」

「媽，妳不要只想著錢、錢、錢、好不好？培宸從出生到現在，我幾乎沒有好好陪過他。現在，我可以專心地檢查培宸的作業，他們的作業真的好難，好多英文單字我也不會，還要用手機查；我還可以準備早餐跟晚餐，定國跟宸宸都很開心，他們說，現在這樣子，很有家的感覺。」

在陳勻嫻堅定的語氣中，簡惠美退讓了。

陳勻嫻的家庭主婦生活，也在顛簸中上路了。幸運的是，她的付出，很快地回收了甘果。為了快點走出被葉德儀洗臉的陰霾，陳勻嫻認真投入之前嗤之以鼻的才藝競賽準備。她對於班上學生家庭的組成有了更深的認識，楊培宸跟她聊天時，她點頭的次數也大幅增加。對她而言，那些名字不再只是名字，而多了五官跟背景。

例如，楊培宸跟她抱怨John上課時一再打斷老師，她會做出一些不懷好意的聯想。「不意外，John的媽媽也是同一個模樣，我們在講話時，她屢屢打斷，彷彿怕我們把她給拋下。」有人說，John的媽媽是私立末段科大畢業，家境普通，卻幸運地懷了知名食品小開的兒子，夫家原本更希望兒子跟交往多年的港籍女友復合，為了孩子，忍痛答應了這門婚事。這種八卦，當然不是當事者親口說出，班上另一位媽媽的遠親，嫁給該食品小開的親哥哥，消息於是傳開了。

沒有當事者的場合，幾個媽媽們擠眉弄眼地調侃著她的「母憑子貴」。極少表達出好惡的梁家綺，也皺了皺鼻子說：如果是Chris搞出這種麻煩，我會出一筆錢，請對方把孩子打掉，我們這麼認真地栽培小孩，不是要這樣浪費的。誰不知道媽媽的學歷對於孩子的教養影響多大？

陳勻嫻表面上認真應和，私底下倒是無法如此置身事外。她禁不住猜想，要不是她還算塊讀書的料，今日被眾人訕笑的角色，是否也包括她？為了驅散內心那淡淡發酵的不安，她加入了譏嘲John媽媽的陣營，在其他媽媽劃出界線時，她也有樣學樣，以確保自己還在圈內。

她覺得自己宛如回到高中時代，為了避免自己淪為被針對的對象，所以得時時觀察風向，在必要時加入聲量較大的派別。雖然有壓力，可是這種確定自己屬於某個團體的感覺，也很不賴。她認為自己比在上班時，心境上年輕了不少。

才藝競賽結束，和班拿下第一名。汪宜芬包了一家義式餐廳的晚餐時段舉行慶功宴。致詞時，她一一謝了對才藝競賽有所貢獻的媽媽們，在提到陳匀嫻時，汪宜芬不僅沒有匆匆帶過，反而更花了精神，熱切地誇獎，「匀嫻，妳的手好巧，道具只要是妳做的，一看都知道。特別精緻，像是寫了妳的名字。」這句話的亮點在於「匀嫻」二字，不是每一位參與者都可以得此殊榮，汪宜芬更習慣以媽媽的頭銜冠之，除非她覺得妳夠重要，才會紆尊降貴地記得妳的名字。

好險，汪宜芬更親熱地喊梁家綺為 Kat。陳匀嫻鬆了一口氣。

直覺告訴她，汪宜芬對她格外用心，絕不單純。在製作道具跟安排劇情上，她不認為自己的表現有突出到值得汪宜芬記得她的名字。但，為什麼？陳匀嫻想了想，認為最有說服力的理由是：第二次段考，楊培宸躍升到第二名。一得知這結果，陳匀嫻欣喜若狂。

她把兒子的進步，歸功於自己的全職陪伴。

陳匀嫻背著楊定國，私底下告訴親愛的兒子：「你千萬要保持住這個名次，不要枉費媽媽對你的栽培。媽媽可是犧牲了很多，才有辦法讓你在松仁小學讀書的。」

◇

除了汪宜芬的熱情外，加入「深嵐幫」更是大量緩解了陳勻嫻頓失工作的不安。

梁家綺慎重地把陳勻嫻介紹進去，蘇若蘭也在，一些Chris生日派對上見過的面孔也在，除此之外，都是些不認識的人物。最重要的一位，是王念慈。更實際地說，她像是這個小圈圈的汪宜芬。王念慈的夫家開了一間會客的小餐館，叫「深嵐」，晚上才正式營業，其餘時刻則恭候老闆一家人差遣。王念慈的女兒也讀松仁，四年級。Chris的生日派對，王念慈跟她的女兒年年到場，只是這一年他們家赴美奔喪，否則陳勻嫻理應在那時就會見過王念慈。

每個星期四，送完小孩去學校，女人們移駕到深嵐。陳勻嫻是新人，她很少說話，多是交出自己的耳朵，扮演傾聽的角色，唯獨在梁家綺邀請她發言時，才小心地答幾句。

她有些意外的是，這麼做，她也甘願。有時被問起，「勻嫻，不好意思，我們好像說了太多自己的事情，妳會不會覺得我們很聒噪啊？」她必定是用力搖頭，「不，我一點也不覺得。」之後，她會不著痕跡地把焦點又繞回去，從斷掉的地方接上去，再恢復安靜。

陳勻嫻得招認，她是真心喜歡聽這些女人們說話。喜歡她們說話時那訓練有素的高傲，喜歡她們以漫不經心的語氣討論著精品，喜歡她們討論是否換掉家中那盞三十幾萬的壁燈時，理由只是因為看膩了。喜歡她們說，古馳的鉛筆盒好可愛。在此之前，她甚至不知道古馳有出文具。

財富不一定能延續青春，但財富可以延續青春的感受，聽她們說話時，陳勻嫻覺得自己好像年輕了十歲，十八、九歲的女孩，相較於煩惱，更喜歡敘說自己的慾望與匱乏。

她才入了深嵐沒多久，就被王念慈來了一場震撼教育。

一回，講到媒體對於貴婦的一知半解，王念慈似乎醞釀已久，只見她翻了個白眼，輕蔑地罵：「一堆人以為貴婦們成天就是吃早午餐，做醫美手術，然後去精品店挑禮物？那只是她們願意讓常民看到的部分，檯面下，她們要經營的事情太多了。財富、權力、名聲、關係，睜開眼睛，就是這四件事。比柴米油鹽醬醋茶難多了！不能只是送禮，還要送進對方心坎裡，平日就得觀察對方喜歡什麼。辦聚餐，可以邀請哪些人、不能邀請哪些人，邀請了小劉，就不能找小李，找了小李，卻忘記小孫，那就完蛋了。丈夫的事業，子女的課業，這些，全部、所有，都是她們得顧慮的。妳以為她們沒有工作？大錯特錯，上流社會的女人，就是最具有挑戰的全職工作。」

這不是王念慈最精彩的表現，陳勻嫻更喜歡有一回，眾人們在討論鉑金包的收藏。蘇若蘭提到，選對了顏色，日後可以增值的。王念慈淡淡地說，為了那一點價差，還要看顏色特殊不特殊，未免也太累了吧。會買鉑金包，不就是出於喜愛，覺得這包好看嗎？這話題似乎讓擁包無數的王念慈起了勁，她更進一步說了下去：「為什麼買包呢？因為我們膚淺？因為我們愛慕虛榮？因為我們覺得這些名牌的手工特別精緻，襯得起我們的身價？也許都對。可是這些說法，都沒有談到重點——像我們這種人，一天到晚有人靠近我們，不就是圖我們的錢，圖我們的人脈？既然如此，怎不乾脆把感情奉獻給包包呢？包包不會騙我們的。跟人相處多累！把包包跟鞋子一個個拿出來，排列，欣賞，保養，會累嗎？不會，只會越來越開心。我曾被一個不熟的窮朋友笑過，我這麼戀物，根本可悲，我笑回去，我跟他說，**跑去把希望放在別人身上的人，才是真的可悲**。」

美哉斯言，陳匀嫻瞠大了眼，在心底為王念慈用力鼓掌。

尋常人會發生的災厄，這些女人也無法倖免，老公外遇、夫家有人坐過牢、公婆過度干預小家庭，或是娘家的親戚想要攀附、利用關係，諸如此類的問題，也可以從她們的談話中找著。可是，出於某種獵奇的心態，這些人說起來情節特別動聽：公公成了中古世紀中頑劣領主一般的存在，娘家的母親則如同仙度瑞拉的後母，敘事者——也就是這些固定參加深嵐的女性——則是那才智雙全的女主角，得審慎運用她們的善良跟智慧，斬除通往幸福道路上的蓊鬱荊棘。

陳勻嫻鑽研過，為什麼這些平常人只能拿來抱怨的素材，在她們口中竟成了一個又一個讓人興致盎然的傳奇？就因為這些人家財萬貫嗎？很可能這就是解答。八卦小報捕風捉影的豪門恩怨，拆開來看，也不過是些八點檔或靠北婆家的瑣碎破事，為什麼人們卻如此愛看愛聽？

這正是上流社會讓人擠破了頭也想進入的主因吧？一樣的痛苦，由拿著鉑金包的人脫口而出，就是不同凡響。還有一點，觀賞這些上流社會的醜陋與不安，對於平常人而言，具備不容小覷的療癒效果：看啊，有錢有什麼用，還不是跟我一樣？

差別可大了，陳勻嫻現在懂了，**至少他們離婚的消息是能上新聞的**。

偶爾，陳勻嫻也會覺得，這些女人好荒謬。

一次聚會，王念慈跟蘇若蘭談及她們都曾經送小孩去參加一個所費不貲的夏令營。宜蘭，十天九夜，課程內容強調親近大自然，以及讓小孩趁機學會獨立。

說到一半，蘇若蘭拿出手機，一張張照片刷給大家看。

「妳看，這天是戶外探索，帶小孩去爬山、認識昆蟲。」

「這一張是下田插秧，讓他們知道農夫有多辛苦，哈、妳們看，我女兒戴斗笠的樣子，是不是很可愛？她本來想把這斗笠帶回家，我不肯，我說不知道要放哪。」

其他人看得興致盎然，不住點頭，顯得陳勻嫻格外不解風情。她不懂，這不正是她的家鄉處處可見的風情嗎？何必要付一大筆錢，只為了讓孩子模擬當地人看膩也過膩的生活？在陳勻嫻的老家，不遠處是叔公的田，叔公在上頭種了一些地瓜和菜葉。若她跟叔公提議，我把小孩送來這裡，你就教他們怎麼拔地瓜，一天，一個小孩算一千，你要嗎？

叔公一定會咧嘴而笑：當然要啊，可是哪來這麼傻的人？

喏，眼前這裡至少兩個，願意花錢送孩子去「感受」生活的傻人。

◇

這天散會，陳勻嫻跟梁家綺步出深嵐，梁家綺提議一起到百貨公司底下的超級市場買現成的晚餐，她有點懶散，不想煮飯。梁家綺把兩盒八百八十元的壽司放進推車裡，陳勻嫻只買了一些蔬菜，她打定主意，跟梁家綺分散後，再獨自前往住家附近的連鎖超市。從前有工作時，或許是出於補償心態，很捨得花錢在飲食上，今不如昔，她得省著點用。

兩人要分開之前，梁家綺把一盒壽司遞給了陳勻嫻。

「這盒妳拿去，我們家吃不完一盒。」

陳勻嫻沒有推拒，淺淺一笑，說：「哦，謝謝，家綺妳真是體貼。」

這點是深嵐教給她的道理。蘇若蘭為了夫家的投資風暴而過著天昏地暗的日子時，王念慈出了機票跟五星級飯店的住宿，要她帶著陳馨語去散散心，順便躲避那些虎視眈眈的媒體。蘇若蘭提起這件事時，語氣平和，彷彿不認為這是多麼大的恩惠。陳勻嫻起初以為，只有蘇若蘭這樣「不識好歹」，直至其他成員講到一些慷慨的贈禮時，語氣也是這樣，不冷不熱，波紋不興，她才後知後覺，她若要徹底融入深嵐的氛圍，就得學會這種默契。

要練習把許多事都視為理所當然，別人理所當然地要對妳好，妳理所當然會得到三、四千元的禮物。記住，不要瞪大眼，不要吸一大口氣，發出受寵若驚的讚嘆，這樣不會讓別人更喜歡妳，相反地，只會覺得妳很卑微。要像蘇若蘭，甚至梁家綺那樣，輕輕拉開嘴角，點個頭，說句感謝，就這樣，不能更多。

幾小時後，陳勻嫻去接兒子回家。

本想告知晚餐有高級的壽司，看到兒子雙眼泛紅，嘴巴下垂，她改口。

「怎麼啦?怎麼看起來這麼不開心?」

「……。」楊培宸欲言又止,臉上的不悅之氣更加厚重。

「你在想什麼,可以直說啊?怎麼了,是有人欺負你嗎?」

「不是。」

「那到底是怎麼了?」

「媽媽,妳是不是忘記我的生日快到了?」

「不是還有一個月嗎?」

「那就表示快到了。妳有想好要怎麼幫我慶祝嗎?」

「什麼意思?不就是跟以前一樣,買披薩吃炸雞,去百貨公司挑禮物?」

楊培宸絕望地深吐一口氣,「我才不要這樣。」

「那你要什麼?之前也不是這樣子嗎?」

「之前是之前,現在是現在,」楊培宸氣惱得眼眶泛紅,「我要像 Chris 那樣辦派對。」

陳匀嫻頓了半晌,總算明白了兒子在執拗什麼。

「我們不可能邀請別人來我們家裡的。」

「為什麼不可以?Chris 家就可以啊。」

「哎呀——」陳勻嫺也上火了，「你很任性耶，也不想一下 Chris 家多大，我們家只有人家的一半不到，怎麼塞得下你的同學？假設他們又帶了阿姨，不是更擠嗎？」

這裡的阿姨，指的是像阿梅一樣的外勞。有些媽媽會在帶小孩去同學生日派對時，連同外勞一起帶上，她們的說法是：「有外勞在，可以多一雙眼睛看小孩。」陳勻嫺以為這樣做並無不妥，直到她在報紙上讀到藝人因指使外傭提重物跟照看小孩，而遭到勞工局開罰的例子，才意識到，許多媽媽，連同梁家綺，可能都在無形之中跨越了法律的規範。

「那妳幫我找一個地方好不好？」

「你這個吃米不曉得米價的，你以為包一個場地很便宜？」

「我不管，別人有慶生派對，我也要有。」

陳勻嫺瞪著楊培宸，寒著聲警告，「不要這麼不體貼好不好。」

「那為什麼其他人都有，只有我沒有？」

「現在，你馬上給我進房間去念書，在我說你可以出來之前，你都不可以出來。」

陳勻嫺的食指直直地指向楊培宸的房門。

楊培宸無法應付母親突如其來的怒火，他吼出兩條鼻涕，「我最討厭妳了！」

楊培宸一離開視線，陳勻嫺癱軟在椅子上，給自己倒了一杯水。她心底雪亮，楊培宸才是對的。無論是在松仁小學，或是在深嵐，大家都抱怨過給孩子們張羅生日派對的痛苦。她們在意的並不是預算，而是如何驚豔全場。梁家綺說過，去年她找了一位摺氣球的老師，任孩子們指定他們想要的動物，孩子們興奮得尖叫，叫聲又高又長，事後她頭痛了好幾天，今年索性回歸平素簡單，把經費都花在食材上。

「好險妳今年放過大家，摺氣球那一次，小孩回到家之後，都在抱怨為什麼他們的生日派對這麼無聊，不像 Chris 的這麼好玩。」梁家綺話語未落，王念慈即半開玩笑地糗她。

「妳好意思說人家，」蘇若蘭緊跟著接上話題，「妳今年還不是租了一台拍貼機。」租拍貼機要價一萬五，加上一位協助操作的人員是一萬八。

「沒辦法啊，氣球的點子被 Kat 拿走了，輸人不輸陣嘛。」王念慈道。

那時，也忘了是誰想到，問了陳匀嫺：「那妳呢，妳打算怎麼給孩子過生日？」

陳匀嫺身子一僵，沒準備好要回答這個棘手的難題。

「先別說這個了，過年要到了，大家有什麼私房景點嗎？我先說，我再也不想去環球影城了，連續三年，我都因為排隊的事情跟 Chris 吵架。我告訴他，今年反正就是聽我的，而我只想待在台灣。」見到陳匀嫺的豫色，梁家綺給她解了圍。

陳勻嫻知道，即使有梁家綺擋下，這個問題依舊會找上門來。她絕不可能讓別人踏進她的家門，她的家跟梁家綺的比起來，又窄又亂。不過，花個五、六萬去包下一個場地，她也做不到。頭皮繃得像是戴了太緊的髮箍時，玄關傳來門把被轉動的聲音。楊定國彎腰脫鞋，視線跟妻子的對上，他很快地嗅聞到空氣中的火藥味，遲了兩、三秒，方略帶討好的語氣問道：「兒子呢？」

「在房間裡讀書。」

「晚餐吃了嗎？」

「我有準備，他說不想吃。」

「是這樣子啊。」他接受了這項資訊，沒再多問。

為了舒緩氣氛，他碎念起時常光顧的小吃店，近日貼上了一張紅底黑字的標語，寫著「因應租金上漲，多數品項漲五到十元」。楊定國坐下，抬腳摳著破裂的指甲，發起牢騷：「今天結帳，比平常多了二十，一個月若吃十天，就是兩百，看來得少喝手搖飲料了。」

「我要跟你商量一件事，兒子的生日，我打算給他辦一個派對。」

「哦，好啊，只是……」楊定國環視了一下家裡的環境，尷尬地笑了，「不曉得他的同學們進來我們家，會不會覺得太小。」話說到一半，他哀喊了一聲，「啊，流血了。」

「我不打算讓他的同學進到我們的家，我想要在外面包一個場地。」

「哪來的場地？」

「我都查過了。有一家，在士林區，兒子生日的那個週末，他們的時段還沒被訂走，一萬二，包含場地布置，像是彩繪跟摺氣球，還有二十人份左右的餐點，若再加四千元，他們會依照我們設定的主題來布置，這部分我還在考慮，因為培宸從小到大，最愛的就是美國隊長。」

「加起來不就是一萬六？」楊定國雙眼發直，「花一萬六辦一場派對，我寧願買一台iPad給他。不行，我不能接受，妳別把兒子寵壞了。他今年才小一，照這個趨勢，到小六，不就要花上三、四萬才能解決？」

「你不能只想到價錢，要想到價值啊。」情急的陳勻嫻，率先想起蘇若蘭的口頭禪。

「對我們大人來說，過生日確實沒什麼好稀罕的，可是培宸還是小孩，過生日對他而言比什麼都重要。給孩子留下一個難得的回憶，一萬六並不貴？」

「非要花到一萬六，才能讓孩子留下一個難得的回憶？」

楊定國立場堅定，他看著陳勻嫻，似乎覺得妻子的想法不可理喻。

「可是兒子會跟 Chris 比較啊，Chris 有生日派對，為什麼他沒有？」

「這是機會教育，妳要趁這個機會告訴他，不是每個人都可以過得像 Chris 這麼好。我不相信松仁小學所有的學生家長，都願意出一萬六給他們的小孩辦生日派對。」

楊定國於情於理都站到了制高點，陳匀嫻一時半刻反駁不了丈夫。

「哪，說實在的，妳若什麼事都要照他們的辦，不只妳會很辛苦，我也會很辛苦。」

楊定國轉了轉僵硬的脖子，發出乾澀的聲響，他坐在辦公室的時間太長，影響了身體。

陳匀嫻發現自己始終呆站著，她在餐桌前坐下。

他們是他們，我們是我們，這句話是否指涉了楊定國不打算模糊掉兩者之間的界線？陳匀嫻的視線穿透了丈夫，焦點定在丈夫背後的牆上。是誰昨天又不使用電蚊拍打蚊子？蚊子的殘屍黏在上頭，還帶著一點髒血，看了好礙眼。

「我不給兒子辦，她們會覺得我不夠用心。」

「她們是指誰？」

「很多人。」

「培宸班上所有的學生，都有辦生日派對嗎？」

「不一定，可是比較活躍的學生，幾乎都有辦。」

陳匀嫻扁著嘴，委屈如海潮般刷洗著她的心房。她夠精打細算了！若不指定主題，只要一萬二，就算一萬六好了，充其量是王念慈租一台拍貼機，還不包括工作人員的費用。

「小嫻，我實在無法答應妳，這太扯了。」楊定國煩躁地抓起頭髮，指尖跟頭皮摩擦出讓人起雞皮疙瘩的聲響，「認識一些跟我們比較相近的媽媽吧。我不想要在外拚命工作，回來還要應付一堆以前沒有的需求。」

「好，你不幫忙沒關係，我可以用我自己的存款。」

「那不是相同的道理嗎！錢要花在刀口上，妳為什麼就是不能放棄這個念頭？」

「我不想要被其他的媽媽覺得我跟她們不一樣。」

楊定國注視著妻子緊握的雙手，在那複雜難解的表情中，陳匀嫻能辨識出裡頭帶著同情與困惑。她傷心地想，啊，終於說出來了，她還是想成為她們。跟多年前一樣，她沒變，還是**那副德性**，以為可以變成跟過去的自己截然不同的人，像陳亮穎那樣，或者更好。

「哎。我現在無法跟妳溝通了，妳完全沒有聽進我的話。」

「把兒子叫出來吃飯吧。」楊定國手放在膝上。

「那生日派對的事呢？」

「妳要不要冷靜一下，再來跟我討論這個問題？」

直到預定的截止日，陳勻嫺還是沒有取得楊定國的同意，她注視著那行數字，久久提不起打電話的勇氣，她可以一意孤行，可是她也不想違背丈夫的想法。

◇

第三次段考，也是最後一次考試。

因應寒假的來臨，王念慈提出一同去香港的想法。這並非她第一次開團，深嵐多數的成員，已跟著王念慈去過了香港、大阪、東京、沖繩。梁家綺率先表態，她不跟，香港她情願跟著姐妹前往，帶著一個小孩，做什麼事都不爽快。她一這麼說，給了陳勻嫺台階下，陳勻嫺也說明她近日腳底有些發炎，醫生說不宜久行。

散會之後，陳勻嫺打算先回家，梁家綺喚住了她。

「勻嫺，妳的腳還好嗎？」

「啊、還好，還好，只是不太能走，走久了會痛。」

「需要我給妳一些藥布嗎？上次去日本時買了一堆，也沒真的用到。」

「沒關係啦。」

「對了，勻嫻，有一件事，不曉得方不方便現在講……」

「怎麼了嗎？家綺，有什麼事情都可以找我商量的。」

「是這樣子的，有件事，想來想去，只有妳能幫忙了。對了，妳千萬不要把這件事告訴Steven喔。」

有一道暖流經過陳勻嫻的心，被需要的感覺原來這麼溫暖。總有一次，她成了供給者，梁家綺成了需求者。她雖無意過分解讀，心底卻有無數個氣泡往上洗，脹滿了她的胸腔。

梁家綺把她帶到一個更寧靜的角落，確認四下無人，才開了口。

「勻嫻，首先要跟妳講一聲恭喜，剛才艾老師通知我，這一次段考，你們家培宸考得很理想，可是，我家的Chris，我給他請了一小時一千的家教，還是考差了。」

「啊，真是可惜。」

「也許我不該提出這個想法，可是，Chris這次的成績，實在讓我無法跟我婆婆交代……這孩子也不曉得是怎麼了，Ted跟我都還算是會讀書的人，但是Chris從小，學東西就是比較慢。我婆婆對這孫子不是很滿意，說跟Ted小時候差好多……」

說著說著，梁家綺竟抬手，朝發紅的臉搧了搧風，而她的眼角帶濕。

一根刺輕輕戳進了陳勻嫻志得意滿的胸窩，有些氣緩緩地洩出。她很想吐出一些安慰的詞語，嘴巴張了又闔，不知是無言以對，還是怕說出後悔莫及的話。梁家綺要她幫什麼忙？

陳匀嫻動彈不得，只能一再呼吸。

「匀嫻，可不可以讓 Chris 這次段考的一些科目，跟培宸對調？」

「這、這要如何對調？」

「我已經跟導師那邊談好了，她會幫我們做這件事。」

陳匀嫻驚恐地意識到梁家綺使用的詞：我們。

「一定要用對調的方式嗎？」

「對，因為導師說，班平均已經送出去了……」

「有哪些科目要對調？」

「國語跟數學，就這兩科，培宸是九十七跟九十五，Chris 是國語七十九，數學八十。」

「我、我可能得跟培宸商量一下，他很用心準備，我先生也很在意分數，他告訴培宸，若培宸這次考試有維持在前三名，我們會買一台 iPad 給他，培宸為了 iPad，每天都很認真。」

「不如這樣好了，培宸要的是 iPad 對吧？那我買一台最新的給他。」

「這、我還是得再……」冷汗沿著額際滑落，要說服梁家綺，遠比說服葉德儀困難，理由很簡單，她能夠站在這裡，所有的所有，都來自於蔡家的慷慨。

「匀嫻，妳還在考慮什麼？」

陳匀嫻驚愕地注視著梁家綺，「還在」？

梁家綺為什麼如此堅信她一定會答應？

因為學期一開始，蔡家就匯了三十萬進來？

「若 iPad 不夠，這樣好了，通常暑假王念慈會送小孩去加州參加夏令營，她在那有親戚，今年我打算讓 Chris 也一起去，培宸也去的話，他的費用我可以負擔一半。」

一台 iPad 是兩萬，美國夏令營的費用，抓十萬好了。

十二萬。一科的價值是六萬。

「好的，就這麼辦吧。只是家綺，出國一直是培宸的夢想，我一跟他開口，他不會忘記的。我的意思是，妳確定夏令營的事情，是真的會成行嗎？我不能給他過多的期待。」

「那當然，就算王念慈那邊出了什麼差錯，我自己也有親人在加州，沒有問題的。匀嫻，謝謝妳，妳解決了我的大麻煩，我真慶幸我有交到妳這個好朋友。」

涼意像一條蛇，從腳底一節一節地吞，直上她的脊椎。梁家綺的表情極其溫柔、包容，她一直是個人見人愛的女人。照理說，梁家綺的笑容會蝕掉她翻騰的不安，這一次卻失效了，陳匀嫻自問：我在恐懼些什麼？擁有這種微笑的女人，不會讓我墜入深淵吧……

◇

楊培宸的反彈遠比陳匀嫻預想的劇烈。講沒幾分鐘，他已開始落淚。

「為什麼要交換成績？我跟 Jonathan 打賭了，這一次我數學還是會贏他。」

「你聽我說。」陳匀嫻架著兒子瘦小的肩膀，「媽媽現在很需要你的幫忙。」

「不要、我不要聽。」楊培宸扭動身體，試圖掙脫。

「你不要這麼任性，幫媽媽一次，也幫你自己一次好不好。」

陳匀嫻很少對楊培宸大吼，因此，她的咆哮發揮了良好的效果。

楊培宸停止掙扎，睜著眼，愣愣地看著母親。給他這麼一注視，罪惡感如大浪襲來，淹過了陳匀嫻的理智。楊培宸沒有做錯任何事情，考出高分的人是他，妄下主張的人是妳。她想安撫受到驚嚇的兒子，也幾乎要伸出手了……，不，不行，目的尚未達成。

「你乖、聽媽媽說，你跟 Chris 在學校是好朋友吧？」

她胸有成竹地以為楊培宸會給出一個肯定的答覆，沒想到楊培宸沒有馬上作答，只是注視著地板，好像那裡藏了些什麼吸引了他的目光。從小到大，這是他閃躲問題的方式。陳匀嫻一愣，沒想過兒子的反應竟是這樣。她彷彿在一艘船上，還沒補好一個破洞，又尋覓到第二個破洞。

「培宸，你怎麼不說話？你跟 Chris 怎麼了嗎？」

楊培宸嘴巴抿了又張，張了又抿。

「媽媽，我覺得，Chris 他有時候講話很過分。」

「他怎麼講話？」

「他跟全班說，James 爸爸是給我爸爸做事的，是我爸爸的手下。」

「培宸，這點 Chris 沒說錯啊，你爸爸確實是 Chris 爸爸的手下。」

「才不只這樣！」楊培宸握緊雙拳，滿臉通紅，「前幾天，他還說，我可以來松仁小學，是他爸爸幫的忙，要不是他爸爸，我原本要去讀別的國小。我說他說謊，Chris 還笑了。」

「Chris 真的這樣說嗎？」

這件事，最有可能告訴 Chris 的，應只有梁家綺。梁家綺為什麼要跟兒子講這些事情？Chris 又為什麼要當著眾人的面提起？問題接踵而至。陳勻嫻難以招架。

「媽媽，我不要跟 Chris 換成績。我現在沒有很喜歡 Chris 了。」

「不然這樣好了。我答應你，只要這次你幫這個忙，你可以拿到一台 iPad。」

「iPad？」

「對，因為這個忙是 Chris 爸爸拜託的。」

「那，」楊培宸陷入兩難，「一定要換兩科嗎？可不可以不要換掉我的數學？」

「一定要兩科。」

「那我要再考慮一下下。」

「除了 iPad，你這個暑假，可以去美國參加夏令營。」

聽到關鍵字，楊培宸的態度有了明顯的軟化。他眉頭緊鎖，似乎在計算著兩者的價值。

「培宸，這次段考的成績，過完年你就忘了。可是、去美國，你想看看，你會留下很多回憶，你不是一直很想要出國嗎？」

「可是，改成績，不就是作弊嗎……老師會知道的……」

「這部分，Chris 的爸爸很厲害，他會派很厲害的工程師去做這件事，老師不會發現的。只有你、我，還有 Chris 他們會知道這件事，啊、你不可以把這件事跟爸爸說喔。」

「為什麼不能告訴爸爸？」

「因為，」陳匀嫻揚起一邊的眉毛，在腦海中挑選著最適宜的藉口，「因為爸爸原本不希望讓你得到 iPad 的，我們為了這件事吵架。是我跑去跟 Chris 媽媽拜託的。你如果在爸爸面前提起這件事，他搞不好會沒收你的 iPad。」

很多年後，陳匀嫻終於有辦法，以冷靜客觀的立場，回頭整理起整件事的前因後果。而在記憶播映到她說服楊培宸，參與這個計畫時，陳匀嫻很想停下來，定格，放大這幅畫面。如果說，在哪一個時間點，就能預見到日後會發生「那種事」，那麼，就是這一刻了。她答應了梁家綺，她交出了兒子的成績。她以這樣「對兒子最好」為由，忍耐了不正義的發生。

所以，她也不能怪梁家綺利用了這一點。

◇

iPad 送來之後，楊培宸隨即把「成績對調」這件事拋諸腦後，下載了遊戲，目不轉睛地玩著。楊定國也沒有起疑，只是輕描淡寫地說：再加油就好了，國小而已。

至於 iPad，陳匀嫻有備而來：「梁家綺送給兒子的生日禮物。」

楊定國也信了，只碎嘴一句：「送這麼好，Chris 生日的話，可不要叫我們比照辦理。」

「她才不會做這種事，人家對小孩很捨得花錢，不需要我們的幫忙。」

認真說起來，最耿耿於懷的實則是陳勻嫻自己。她原本料想，過了幾天，內心的罪惡感會漸漸散去，偏偏每逢深夜，她總忍不住坐起身來，細想這個交易是否正確。她又是否給兒子做了不良示範。一晚，她輾轉難眠，下了床，摸黑進了客廳，沖了一杯熱茶。

坐在餐桌前，突然頭疼了起來。

Chris的生日派對，像是盒子裡頭包裹著另一個、又一個、再一個盒子，在拆到最後一個盒子之前，妳不會知道裡頭究竟裝著什麼。到底是她逮著了萬中選一的機會？還是機會逮著了她？

她捧著杯子，走進楊培宸的房間，他睡成大字形，嘴角有一攤涸掉的口水。

培宸，你會忘記吧？長大以後，你會忘記我叫你做過這種事吧。

陳勻嫻想著想著，地板的涼意從腳底板侵漫。一股疲倦湧上來，可是這股累意卻無法帶她穿越黑暗的大海，抵達安眠的彼岸。她又猴急地喝了一小口茶，思緒卻像是要跟她作對，越來越清明。

◇

寒假匆匆降臨，又匆匆結束，在過年的催化下，陳勻嫻覺得，寒假過得好快，一下子就結束了。她利用春節，帶著楊培宸回雲林，陳亮穎也帶著小孩回來，見到三個小孩打成一片，陳勻嫻心頭的迷霧有了消散的趨勢。她也趁著這個時刻，跟陳亮穎談了些自己的心事。

她約略講了一下梁家綺、汪宜芬、張沛恩、班上的群組，和一些深嵐聚會中，不同媽媽的想法。她也刻意地避掉了梁家綺找她調換成績的過程，她怕姊姊會因此看輕自己。

「妳們這些媽媽們，根本是在彼此陷害啊。」

「怎麼說？」

「妳們根本是在互相逼來逼去啊，妳把兒子帶去迪士尼，那我也要把我兒子帶去環球。妳的兒子請英文家教，一小時八百，我就要請一小時一千的。妳不覺得，本來大家都好好的，聽這些東西聽久了，腦袋都要不正常了。我就沒想這麼多，把小孩送去學校，按時接送，班級的群組我也有加，可是偶爾看看，有時就放著訊息一直彈出來。」

「可是，在我們這，妳不參與，就會被說話啊……」

「那是因為妳們那邊都是一群奇葩啊……整天在那邊擔心小孩子出來沒有競爭力，什麼都要給小孩最好的，如果自己無法給到最好，就神經兮兮，怪自己不夠力，像妳現在這樣。」

陳亮穎與她的丈夫，對於教養的想法很一致：若孩子表現出對於讀書的天賦，他們義不容辭，全力栽培，偏偏兩個小孩對讀書都沒有興趣。他們也不打算強逼孩子。陳亮穎認為，再怎麼不濟，日後送去國外，洗個學歷便是。之前，陳勻嫻很受不了陳亮穎這種消極的教養方針，現在，她反倒羨慕起姊姊，姊姊看起來比她逍遙許多。但，她也知道，自己短時間內不可能從這場緊張刺激的賽局上退下，她不覺得自己會輸，也不想投降。

回到台北，也許是跟陳亮穎談過，陳勻嫻感到有新的能量進駐了內心。

三月初，梁家綺告知她，一位米其林大廚受邀來台，在某間知名飯店擔任一個月的駐店客座主廚，王念慈透過層層關係，請該位大廚在回國前，舉辦一場保密到家的私廚課程。

「念慈給我兩個名額，勻嫻，妳要一起來嗎？」

王念慈沒有直接邀請她，陳勻嫻有點介意，但她一下子便釋懷了。她跟王念慈才認識不久，況且，梁家綺不是馬上想到她了嗎？她未多加考慮，立即答應。

她上網查了一下那位大廚的來歷，以及當日所示範的四道料理的食材，她找來一張紙，抄下部分食材的名字，不希望自己在當天看起來一無所知。

當天，梁家綺帶了阿梅來，她不是唯一一個帶著阿姨的人，包括梁家綺，總共有五個人。阿梅站在梁家綺跟陳勻嫻的中間，很專注地看著主廚的手勢，不時點頭，彷彿有所領悟，梁家綺跟蘇若蘭挨著肩，蘇若蘭也帶了家中的阿姨，跟阿梅一樣，那名看起來不超過三十歲的女子，嘴巴念念有詞，小幅度地臨摹著。陳勻嫻感到困窘，她不想要跟阿梅站得太近，她內心還是覺得自己跟阿梅的地位不同，但她也不想放過跟名廚學習的機會。她考慮再三，往左移動，跟阿梅保持距離，又能聽到梁家綺與蘇若蘭的對話。

教學進行到北非小米沙拉時，她聽到蘇若蘭問道。

「Chris 這一次考得很好，妳換過這麼多家教，Chris 終於開竅了。」

「對啊。」微乎其微地，梁家綺顫抖了一下。陳勻嫻注意到了。

她縮緊屁股，全神貫注地高豎起耳朵，生怕沒聽清楚。

「Chris 的家教，還是之前那個台大的嗎？」

「對。」梁家綺猛然走上前，貼在阿梅的身邊，說了一些悄悄話。

「我怕阿梅這裡沒聽清楚，跟她提醒一下。」

解釋完自己突然的行動之後，梁家綺四顧張望，這個話題似乎讓她心神不寧。可惜的是，蘇若蘭沒有接收到這個訊息，她把嘴高高噘起，「Kat，把那個家教電話給我吧。」

「啊？」梁家綺故作沒聽懂。

「這學期，馨語的成績要上不上的，我婆婆沒說什麼，可是我壓力好大。給她上小提琴課，老師也說她沒什麼天分，我很怕再這樣下去，等到肇宇滿三歲，我婆婆會不放人。」

肇宇是蘇若蘭的兒子，剛滿三歲，跟祖父母住在一起。

一次深嵐聚會上，聊到婚前打算生幾個小孩，婚後實際又生了幾個小孩時，蘇若蘭撫著臉，若有所思地說了一句：「即使生了兩個，也好像只有一個。」

那次聚會她看起來非常地疲倦且溫柔，所有人都不忍心問她這句話實際上是什麼意思。梁家綺悄悄告訴陳匀嫻，蘇若蘭的丈夫是獨子，有兩個姊姊，一個妹妹。肇宇是獨孫，一出生，就在祖父母的堅持下，接了過去。蘇若蘭打算再生一個小孩，最好是兒子，丈夫的雙親雖未明示，言語中卻埋藏著人丁興旺的想法。陳匀嫻聽了之後，對於蘇若蘭湧起一股前所未有的同情，她得誠實地說，過去，她總是覺得蘇若蘭好聒噪，有時候接話也文不對題，給人一種只是為了說話而說話的感覺。在懂了蘇若蘭深一層的故事之後，陳匀嫻想：除了身價，我們其實都一樣。我們都為了鞏固目前的身分而在薄冰上小心前進。

梁家綺展現出對這話題很冷感的模樣，她緊抱著雙臂，腳的重心換了又換。

「那個老師好像課都排滿了，連我們有時要調課都很難。」

「哦、是嗎？真可惜啊……」蘇若蘭露出令人揪心的笑容。

「我想說，再給馨語換個家教看看好了。」

主廚在示範如何處理鱸魚了，陳勻嫺瞇起眼睛，看著那雙體毛旺盛的手，在魚的兩側劃上斜口，一、二、三，他劃了三道，那雙握著刀的手，若使出全勁，應該也可以輕鬆地刺入人體深處吧，但他對待魚的方式，卻洋溢著某種堅定的溫柔。鹽與胡椒，和著檸檬的香氣，刺激著鼻間，她搓了搓雙手，冷氣有些太強了，即使沒聽清楚翻譯在說什麼，她還是熱切地點了點頭。

蘇若蘭仍在憂鬱著，她歪著脖頸，又開口了。

「Kat，那這次 Ted 有沒有很開心？數學這麼好，有像到他哦。」

梁家綺雙眼直視前方，語調平淡：「還好，只是小一而已，他沒有很介意。」

「就說吧，我要回去跟我老公說，他給馨語太多的壓力了。」

王念慈像個風紀股長，一雙眼來回掃視，確定大家夠投入。

她看到了這裡的動靜，立即走過來，把食指伸直，放在嘴唇正中間，以氣音開口。

「妳們專心看啦，不要一直聊天。我噴了這麼多錢，才請來這位天菜大廚。」

陳匀嫻飛快瞄了一眼梁家綺的神情，王念慈的介入顯然讓梁家綺如釋重負，她放下了緊緊圈著手臂的雙手，陳匀嫻可以感受到，衣服底下的柔嫩肌膚想必有淺淺的紫痕。

陳匀嫻很慶幸，自己有目擊到這個場景。

她想，梁家綺比我更痛苦吧，若這是一場犯罪行為，梁家綺才是主要下手的那個人，而我，不過是共犯。再說了，導師也有不對，她一定是被梁家綺用什麼手段給收買了，才鋌而走險做出此事。若哪日東窗事發，她至少有梁家綺跟導師頂著。

思及此，陳匀嫻又將注意力放回主廚上，後者正豪邁地將一大匙橄欖油淋在鱸魚表面上，她聽到有些細碎的耳語說：真可怕，實在太胖了。

跟男主人相反，女主人是不能胖的，胖的女主人會給人一種貧困的錯覺。

課程結束，陳匀嫻拿出手機，打算聯絡楊定國，詢問是否需要她帶點食物回去。她在教室內享用了大師的手藝，吃得胃袋鼓鼓的。她右手傳著訊息，左手還意猶未盡地以肚臍為圓心輕輕按壓著，思念著番茄冷湯的餘韻。她跟梁家綺揮手致意，以為梁家綺會直接回家，沒想到梁家綺湊了過來，壓著聲音問，「妳待會要直接回家嗎？要不要找個地方聊一下？」

陳勻嫻趕緊放棄輸入到一半的訊息，重新打字：「今天晚餐自理，Ted 老婆找我。」

鈴聲很快響起，「知道了，別擔心。」

台北的街頭下起了小雨。梁家綺把陳勻嫻拉入騎樓內。「搞定了嗎？」

「搞定了，我猜他會帶培宸去吃炸雞吧。」

「我們在這等一下吧，司機先載阿梅回去，待會再來接我們。」

陳勻嫻伸出手掌，體會雨勢的強度。

「真好，如果是我家，我老公才不覺得他有義務幫忙。」

「蔡董要處理公司的事，沒辦法抽空處理小孩的事，好像也可以理解。」

「不，並不是這樣的。怎麼說呢，Ted 對於 Chris……，不是外人想像的那樣。很多人也是公司的事很忙，但他們也很願意花時間在家庭上。可是 Ted……」

陳勻嫻心弦一緊。學生時期，只要站在講台上的老師以這種反覆斟酌、欲言又止的方式說話，班上的同學再怎麼不情願，也會識趣地降低音量。這通常表示，待會從老師口中吐出的話語，一定比平常真實，而真實的言語，往往比有道理的言語，更吸引人。

「太複雜了，一言難盡，以後有空的時候再說好了。」

「沒關係，妳想說的時候再說就好了。只是，我想說，Chris 是獨子……」

「獨子又怎樣……就會比較疼嗎？大家都是這樣想的吧？」

在陳勻嫻即將要看到隱在話語底下的真相時，梁家綺高呼一聲，啊，車來了。她順著梁家綺的手勢望過去，司機搖下車窗，用力地揮手。路邊劃了紅線，車潮又湍急，他根本無法停靠在路邊。梁家綺提議她們負雨而過，兩人衝入車內時，頭髮與衣服上籠著一層水氣。

「夫人晚安，陳女士晚安。」

「王伯，Ted 晚上去哪了？」

「先生去晶華酒店了，他的大學朋友從美國回來。」

越是跟梁家綺接觸，有件事便越是鮮明：梁家綺跟蔡萬德相敬如賓。她老是得透過中間第三人，才能確定蔡萬德的行程。起初，梁家綺還不想讓陳勻嫻看到這一面，隨著兩人熟識，她變得不在意，陳勻嫻也漸漸知曉了這對夫妻並未若表面上親密。

一坐定，梁家綺等不及發起牢騷。

「蘇若蘭真是不懂得看場合，這個私廚課程，她也知道王念慈是拉了一堆線才爭取到的。她也不認真上課，給王念慈做點面子。王念慈這個人很簡單的，就是要人哄她。」

陳勻嫻看著梁家綺，梁家綺很少在她面前表達負面情緒。

「她找我說話時，王念慈已經用眼神示意好幾次了，她也有看到，還是自顧自地要拉我說話。我待會傳一封訊息給念慈，講一下好了。以免念慈覺得我辜負了她的好意。」

「我剛剛也覺得，蘇若蘭這樣不太好，我有好幾次都聽不清楚翻譯在說什麼。」

「對吧，我也這樣想。哎、想想她也是很辛苦，她的公婆不太喜歡她。」

「為什麼？她人長得這麼好看，學歷又好。」

「這些都沒什麼用，漂亮又會讀書的女生多的是。蘇若蘭在跟陳雲祥結婚前，陳家有拿他們兩個的八字去給他們相信的老師算。老師說，這個女生不會旺夫家。陳老太太就很反對他們兩個結婚，可是蘇若蘭很聰明，她知道陳老太太不喜歡她之後，妳知道她怎麼做嗎？她沒哭也沒鬧，只是告訴陳雲祥，不管他做什麼選擇，她都會接受。陳雲祥那種從小到大只會乖乖讀書的書呆子，怎麼有辦法承受這種迷湯？他回家跟父母吵了一架，硬是把蘇若蘭娶進門了。」

梁家綺哼了一聲，眉宇間淨是不屑。

「強摘的果實不會甜。蘇若蘭好不容易生下兒子，就要靠著兒子洗白的時候，陳家的資金就出問題了。所以，陳老太太對外都說，算命老師說得很靈，她兒子娶錯人了。」

陳勻嫺半知半解地觀察著梁家綺猙獰的五官，她不覺得蘇若蘭有哪裡得罪到梁家綺，為什麼梁家綺的反應要如此激烈呢？她利用眼角餘光，看了司機一眼，他像是早已習慣了這種場合，面無表情地緊盯著前方車流。司機跟著蔡家這麼多年了，想必也聽過不少值得餵給媒體的消息……

陳匀嫻想到一半，車子已停妥在路邊，梁家綺指定的私房咖啡廳。陳匀嫻一下車，定睛一看，一道落雷狠狠地往腦門直劈。這是葉德儀最愛的咖啡廳。

此時此刻，葉德儀人在裡面，她蹺著腳，掛著笨重的粗框眼鏡，盯著眼前的蘋果筆電。陳匀嫻雙腳疲軟，她怎麼會沒想到這點，葉德儀跟梁家綺住的社區，不超過三百公尺。兩人都是願意花大錢享受單品咖啡的人。鍾情同一家咖啡廳，在情理之內。

陳匀嫻定格在原地，無法再往前一步，她低下頭，以左手擋住臉。

「匀嫻，怎麼了？」

「家綺，我、我突然想到、家裡還有事……」

「發生什麼事了？要我打電話給司機，載妳回家嗎？」

兩人在門口的動靜，吸引了店內部分顧客的注意力，有些人緩緩轉過身，面對著門，葉德儀的嘴角扯開弧線，眼中閃現見到獵物般的興奮，大步地朝著兩人的方向移動。

不、不要走過來。陳勻嫻在心底大叫。

她倉促地轉頭看著梁家綺，剎那間不知要如何處理這突如其來的危機。

「家綺——妳今天也來喝咖啡？」

兩人同時別過臉，看向聲音的來源。

葉德儀認識梁家綺？

葉德儀眉頭聚攏，雙眼微瞇，鼻子抽了抽，大喊：「勻嫻，妳怎麼也在這裡？」

「等等，妳們兩個認識？」現在，換梁家綺一頭霧水了。

「勻嫻是我以前的下屬。」葉德儀率先發言，想找回對話的節奏。

「這麼巧。」

「我都不曉得妳們兩個認識。」

葉德儀似微笑，又似估量地來回端詳著陳勻嫻跟梁家綺的互動。

「勻嫻的先生在我先生的公司上班，我們兩個人的兒子又剛好上同一所國小。不知不覺，我們兩個人就走在一塊了。」

陳勻嫻臉色發白，不敢輕舉妄動。

梁家綺捏了捏陳勻嫻發涼的雙手，緊接著，她打了一通電話給司機，要他立刻迴轉，回頭來接她們。電話一斷，梁家綺挺著胸膛，走到葉德儀面前。

「不好意思，因為匀嫻身體有些不舒服，我想要先送她回家。」

「啊，好可惜、那，家綺，我上次講的那檔……」

「抱歉，不用了。」

梁家綺扯出一道客氣但拒絕意味濃厚的笑容，葉德儀討好的神情凝結在半空中。

「那要我親自去拜訪蔡董嗎？也可以！」

「不，妳誤會我的意思了。我的意思是，我跟我先生突然有別的規劃了。抱歉，妳不介意的話，我想先送我的朋友回家休息。」

蔡家的車映入眾人的眼簾。梁家綺緊抓著陳匀嫻的右臂，兩人的身體幾乎沒有空隙。她開了車門，陳匀嫻的身子半推半就地給梁家綺擠入後座。陳匀嫻鼓起勇氣，往後一望，看見了葉德儀那張因不滿而顯得加倍滄桑的臉，她既感到害怕，又覺得欣喜。

「家綺，謝謝妳。」

「沒什麼好謝的，妳為我做的才多。」梁家綺看向窗外，「反正我本來就不是很喜歡她，我最討厭認識我之後，還想藉由我去認識其他有錢人的人了。她這個人對於市場的判斷很有自己的見解，不過，沒有好到可以蓋掉她的缺點。」

「可是，家綺，妳怎麼會知道我很怕她？」

梁家綺掩著嘴，像是個年輕女孩般悶笑，「妳的表情夠明顯了。」

「我沒有跟她正面起衝突過，也不曉得為什麼，她之前無論做什麼事情都很針對我。我到跟她共事好幾年後，才知道她是……似乎在嫉妒我的身分。」

「什麼意思？」

「她好像一直很想結婚，可是、找不到對象吧……。到後來，她就很感冒那些已婚的女人。她之前曾當著我的面，嘲笑一些客戶，嫁入豪門，成天無所事事，只會聚在一起抱怨老公跟小孩。我覺得這種說法很不好，沒有很同意她，她發現後，變得更針對我……」

陳匀嫻觀察著梁家綺一再變化的神情，她得徹底斬斷梁家綺對葉德儀的好感，直到從梁家綺身上得到厭惡的情緒，她才卸下從看到葉德儀後，悚然豎起的戒心。梁家綺一下子抽氣，一下子又搖頭做不可置信狀。末了，她沿著陳匀嫻纖細的肩頭輕撫。

「辛苦了，沒聽妳講，還真不曉得她原來是這麼討人厭的人。本來想找妳好好聊一些心事，被她給壞了心情，我過兩天再約妳，現在就先送妳回家吧。哦，對了。」梁家綺伸手到副駕駛座，把一個紙袋抽到後座來，「匀嫻，這個給妳，妳看看合不合用。」

遞到陳匀嫻手上，是好幾罐功能不同的保養品。從化妝水到精華液，一應俱全。

「我朋友自己開發的，她是敏感肌，所以想做出敏感肌也能用的保養品。」

陳勻嫻收下了。她有注意到，梁家綺很會買東西，但似乎不怎麼使用買的東西，常常是買了又轉送出去。她曾好奇地想問原因，又怕梁家綺覺得她好管閒事。算了，對她來說，有禮物可收，不也是好事一樁？

幸福感淡淡地掩住了她，今天真是美好，梁家綺更喜歡她，又品嚐了復仇的滋味。從窗外看出去，有些騎著機車的男孩，對著她所置身的空間流露出飢渴的目光，她欣賞起堵塞的台北街道，這台賓士 S500，是不是有點高調呀？

第三部

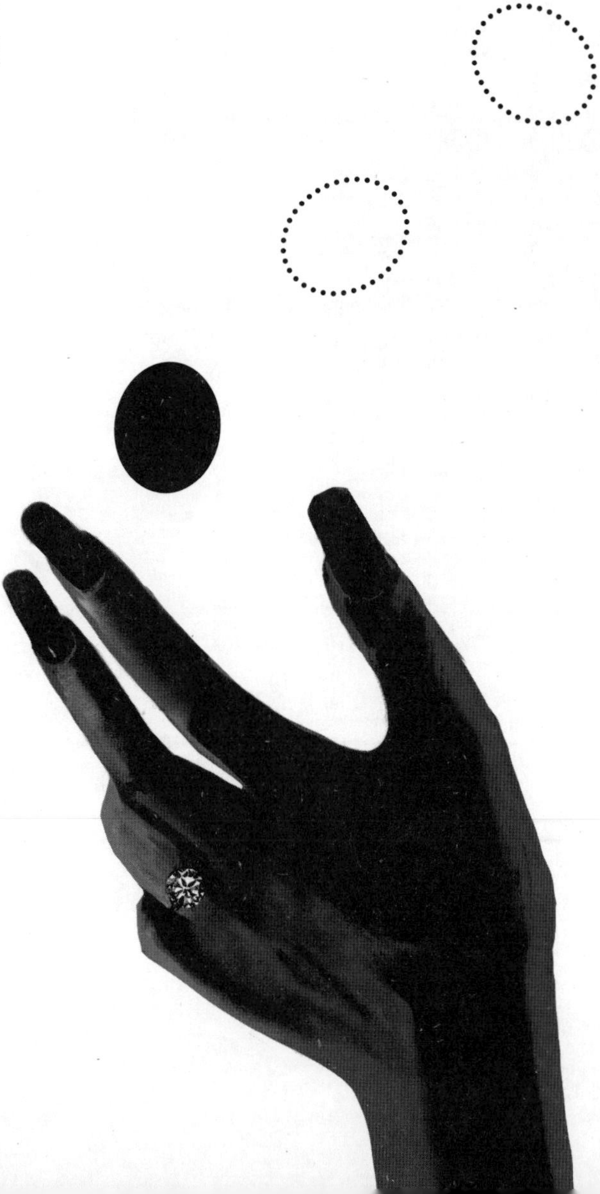

◇

那一天，是平凡無奇的一天。

根據氣象預報，十八度到二十六度，晴。下學期的第一次段考剛結束，看似平靜的松仁小學一年和班，正在為了模範生選舉，隱隱流動著競爭的氣息。模範生的篩選流程，學期初老師已向大家公布：先由第一次段考表現優異的學生中，依照排名列出十位，再經班上選舉，一人一票，找出得票數最高的三位，最後由各科級任老師選出模範生人選。

上學期的模範生，汪宜芬的兒子在班上選舉時，以一票之差屈居第四位。

張沛恩談到模範生選舉，勾起了陳勻嫻的好奇心。

「這次的模範生，應該不是Jonathan，就是Chris吧。下午1:33」

「Chris？下午1:35」

「對啊，他們很誇張耶，一個請全班喝了三天的飲料，一個請大家吃炸雞。下午 1:40」

「Chris 成績有這麼好嗎？下午 2:00」

「Shelly 說，艾老師說因為 Chris 在才藝競賽很認真，所以雖然他不是前十名，這一次破例讓他也參加模範生的篩選。下午 2:38」

「我問 Shelly 她選誰，她說 Chris，因為 Chris 會請大家吃炸雞。下午 2:40」

「這些培宸都沒跟我說。等他回來，就知道了！下午 2:45」

楊培宸當然不會主動告知，含糖飲料跟炸雞，都被列在陳勻嫻的禁忌中。他若開口告知，他在家中得到含糖飲料跟炸雞的機會將大幅縮減，好比說，昨晚陳勻嫻就不會讓他碰可樂。

陳勻嫻維持著跟張沛恩的寒暄，一邊驅趕著朵朵飄來的疑雲。

梁家綺在她面前，可沒有談過一次模範生選舉。誰知她這麼在意。

又，為什麼楊培宸的票數沒有前三名？他的人緣應是不差呀。

陳勻嫻放下手機，走到洗衣機前。第二批待洗衣物好了，只有幾條毛巾，快洗模式。她輕輕哼著歌，側身看著外頭刺目的陽光，還這麼早，卻已有了盛夏般的悶熱。她把毛巾一條條用小夾子固定住，估計著這樣的天氣，在她起身去接楊培宸回家之前，該是乾了吧。確定洗衣機內空無一物後，她回到了客廳，倒在沙發上，電風扇徐徐送來涼風，她閉上了眼睛，渾然不覺，三公里外的松仁小學內，有場風暴正在醞釀，而她的家庭即將為了這場風暴，付出極大的代價。

◇

艾老師在點名時，發現少了一個學生，林帆香。同學和其他家長不知道的是，她是澤大金控總經理林重洋的寶貝愛女。當初入學時，林重洋特地囑託，千萬不要讓人探聽到林帆香的背景。林帆香的母親也相當神祕，在群組內極少發聲，若被問及丈夫的職業時，總以「金融業」模糊地帶過，林家派來接送林帆香的車輛也很普通，Lexus ES250。林帆香在班上的表現，也相當一般，偶爾會有些嬌氣，但六、七歲的小女生，哪一個不嬌呢？艾老師一直暗暗得意，自己在教學上一視同仁，其他孩童們也把林帆香視為平凡，在相處上未有差別待遇。

不祥的預感如蠶，而艾老師的心房淪為桑葉，一點一滴被啃噬。艾老師的臉上有著稚氣的雀斑，使她年過三十，還是時常被誤認成大學剛畢業的年輕女孩。她在松仁小學任教有九年了，即使她不是很喜歡低年級的學生，還是付出她完整的心力，循循善誘著這些介於人與小動物的存在。

她先從廁所找起。

她呼喚著女孩的小名，小香，小香，女孩的母親都這樣喊她，久而久之，她也跟著這麼喊，並且發現只要這樣稱呼林帆香，林帆香會更有意願回答問題。廁所找不到人，艾老師杵在原地，強迫自己冷靜。汗水滲出她的掌心，像是反潮的地板。兩個轉彎後，她終於在五十公尺外，學校操場左翼的遊樂場，看到了軟躺在溜滑梯旁的地板上，意識不清的林帆香。她趨近，鮮血從林帆香的頭頂直流，有一根螺絲嵌入了她的頭皮，之前為了加強固定搖搖馬而設的，搖搖馬移走了，底座以及上頭的螺絲卻還留著。校長說過，打算找一日請人移除，又沒有做到。

艾老師不敢移動林帆香的身體，刺眼的鮮紅、空氣中微甜的鐵鏽味，還有林帆香像是越來越微弱的身體起伏，艾老師狂奔，踉蹌跌入校護室。十二分鐘後，救護車抵達松仁小學，刺耳的聲音逼得許多上課的小孩轉頭看向窗外。救護車駛進醫院前的專用道時，一台凱燕緊跟在後，上頭是林帆香的母親，她下車時，眼中的冰意，令校護在炎熱的氣候裡，不禁打了個寒顫。

「如果小香有個三長兩短，我絕對不會饒過妳們！」

林帆香很幸運，醫生說要是角度再偏移個幾度，後果將不堪設想。她身體無大礙，初步觀察也沒有腦震盪的症狀，會失去意識，主要是落地時的撞擊，嚇壞了。

最主要的問題是，這個傷可能會留下疤痕。

林帆香醒來時，已經不太記得到底自己是怎麼摔下去的。可是班上的同學記得一些事情，有同學說，那堂課，有兩個人特別晚進教室，他們應該知道些什麼。

一個是 Chris，一個是 James。他們是好朋友。

同學們提供的資訊，跟林帆香醒來以後告訴父母的線索，不謀而合。她說，在跌下去之前，跟 Chris 和 James 因為使用溜滑梯的順序而吵架，鈴聲響了，他們都聽見了。林帆香想要插隊，她在家中集萬千寵愛於一身，她以為這兩個男生也會讓著她。

林帆香的母親進一步詢問：「妳想得起來是誰把妳推下去的嗎？」

林帆香皺眉，摸了摸頭上的繃帶，她說：「我不知道。」

而這四個字導向了楊培宸跟陳勻嫻的噩運。

◇

當天下午四點鐘，陳勻嫻接到了電話，梁家綺打來的。

「勻嫻，我跟妳說，發生了一件事……我們的小孩闖禍了。」

「怎麼了？發生了什麼事？」陳勻嫻立即清醒，她從沙發上坐起身，面容嚴肅。

「我們的小孩在玩的時候，把一個小女生從溜滑梯上推下去了。偏偏她爸爸是澤大金控的總經理。現在，對方被送到醫院了，傷勢沒有很嚴重，只是、可能會破相……」

「澤大金控的總經理？」陳勻嫻心頭一震，這麼顯赫的人物原來也是班上家長。

「對，妳有印象嗎？林帆香，Chantal。我也嚇一跳，林家真是深藏不露。我想，不管怎樣，我們都得先到醫院去致意一下。勻嫻，我現在給妳醫院的地址跟病房的號碼，妳有辦法自己到嗎？我的司機會先載我過去。」

「可以，我搭計程車。那……家綺，我們是不是要先去學校，帶小孩一起去。畢竟，這是小孩子們闖出來的禍，要致意應該也要由小孩子親自道歉……」

「對，帶小孩一起去。」

「那、那我先去換衣服。」

「好，勻嫻，我們待會在病房前會合。」

掛上電話後，陳勻嫻三步併作兩步地往主臥房衝，先換上九分褲，打了一通電話給楊定國，沒接，很可能在開會，她傳了一封訊息，「看到訊息馬上回電，兒子在學校闖禍了。」

她急急忙忙地套上外套，抓起鑰匙。好不容易進入計程車，陳勻嫻心慌意亂地拿出手機，楊定國尚未讀取訊息，梁家綺也沒有更新消息。一到了松仁小學，她看到兒子站在警衛室門口，一臉慘白，奇怪，Chris 呢？莫非梁家綺先到了嗎？有可能。陳勻嫻跑過去，緊抓著兒子的手，往計程車拽，一喊出醫院的地點，她再也克制不了內心狂燃的怒火，問道。

「到底是發生什麼事？為什麼你跟 Chris 會把人家給推下去？」

「不、不是我推的……是 Chris……我們在排隊，已經要上課了，我前面還有兩個人，Chris 在我後面，Chantal 突然跑過來說，她要先下去，我說，妳這樣是插隊，我不要。」出於激動，楊培宸的臉色驀地從死白漲成豬肝紅，唾液不斷從他的嘴角噴出：「我就卡在溜滑梯那，不讓 Chantal 插隊，等到我前面的人下去，我就趕快溜下去，然後往教室跑……」

「然後呢？」陳勻嫻不自覺地牢牢握著兒子的手腕。

「我跑到一半，想說為什麼 Chris 還沒有跟上，又聽到砰的聲音，就轉過去看……」

「你就看到 Chris 把那個女生給推下去了嗎？」

「沒有，我只有看到 Chantal 躺在地上。」

「那 Chris 那時候在幹嘛？」

「他看了我一下，就從溜滑梯上滑下來，然後朝我跑過來。我問他說，Chantal 怎麼摔下去了？他說是 Chantal 自己要插隊，不小心就摔倒了。我想要去看一下 Chantal，Chris 說，我們已經遲到了，再不快點進教室，老師會生氣。他繼續往前跑，我就跟著他一起跑了。可是我一直很害怕，因為我很怕 Chantal 怎麼了。後來老師沒有看到 Chantal，就出去找了……」

「那老師有跟你說話嗎？」

「有，老師進教室的時候，有問同學，誰最晚進教室，大家就指著我們。老師把我們叫去外面，問說我們知不知道為什麼 Chantal 會躺在那邊。我就看了一下 Chris……」

「Chris 說什麼？」

「他搖搖頭，說他沒有看到，我們從溜滑梯下來，就回教室了。」

「培宸，我跟你說，你現在一定要對我誠實，我問你，你有沒有把 Chantal 給推下去？你老實跟我說、你不要說謊，媽媽知道，你現在可能很怕，」陳勻嫻看入兒子的眼睛，母子倆的身軀都在顫抖，「可是，你還是要讓我知道，到底發生了什麼事情……」

「媽媽，我沒有騙妳。」楊培宸的眼中瞬間湧入淚水。「我真的沒有騙妳。」

「不好意思，到了。」司機的聲音尖硬地介入。

陳勻嫻從袋子中抓出錢包，付了錢。牽著兒子在飄散著藥水味的偌大空間中，尋找著林帆香所在的病房號碼。她又嘗試打了兩次電話給梁家綺，一次電話給楊定國，但都沒有人接。當她走到病房門外，正疑惑梁家綺為什麼還沒帶著蔡昊謙跟她會合時，有人打開了門，一名穿著散發出淡淡光華的洋裝的女子，踩著 TOD'S 漆皮豆豆鞋。

她看了陳勻嫻一眼，又看向楊培宸，在連呼吸聲都聽不到的寂靜之後，女子開了口。

「你就是楊培宸嗎？」

「……嗯。」

女子的眼中猛然生起了暴怒。

「你為什麼要……」

「不好意思，妳女兒……」

陳勻嫻急著要安撫女人的情緒。她的不好意思，並不是出於自己兒子做錯事的歉意，她也相信人不是楊培宸推下去的。她只是想關懷對方女兒的傷勢，表達某種同為人母的相挺，可是，一見到女子發抖的雙手，她猜自己還是說錯話了。陳勻嫻覺得水分正急速地從她的嘴唇上蒸發，她想給自己找杯水喝，不遠處有一台飲水機，她忍不住看了一眼……

為什麼梁家綺還沒有出現呢？難道是繞去買了鮮花或者營養品嗎？

「妳跟妳兒子，打算怎麼彌補我們？」

「等等，這是個誤會……並不是我兒子讓妳女兒受傷的……」

陳勻嫻不由自主地往後退了一步，楊培宸受到牽動，也搖晃地往後移。

「妳不要再狡辯了，艾老師說，只有妳兒子跟 Chris 最晚進教室，而且剛剛 Kat 打電話給我了，她說，Chris 也嚇壞了……就只是溜個滑梯而已，為什麼妳兒子會做出這麼可怕的事……」

陳勻嫻的喉嚨彷彿被一團垃圾塞住，無法吸氣，也無法吐氣。她薄薄的嘴唇止不住地打顫，這是怎麼回事？梁家綺打了一通電話給對方，為什麼沒有事先跟她商量？她又為什麼要說這種話？難道真的是楊培宸把 Chantal 給推下去的嗎？她緩緩地扭轉脖子，看向楊培宸，楊培宸嘴巴闔不起來似地，以一種難看的方式打開著，他囁嚅地說道：「不，不是我……」

女子往前踩了一步，狠狠地推了陳勻嫻的肩膀。

一下似乎無法解憤，女子這回伸出雙手，更加用力地推了第二次。

「你們母子要怎麼賠我？你們現在、給我進去，看看那種傷口，以後要花多少錢，才有辦法不留疤，我告訴妳，我們家是有律師團隊的！你們要是想推卸責任，我才不管妳小孩現在幾歲，我絕對會想辦法把你們送上法院。」

幾公尺外，一名戴著鴨舌帽的男子，拿起手機。

他調整了一下焦距，按下那顆圓鈕，錄影。

◇

從醫院到回家的路上，陳匀嫻打了無數通電話，拜託，家綺，接起來吧，她無助地暗禱著。楊培宸整個被嚇壞了，像是靈魂被困在別的地方似的，久久不能回神，一臉失魂落魄地任由媽媽拉著走，到了一個十字路口時，才吶吶地說：「媽媽，我真的沒有推Chantal……」

「那為什麼 Chris 說你有？」

「我也不知道，真的不是我，我沒有推 Chantal。我跟妳發誓，媽媽，妳相信我……」

楊培宸的五官擰成一團，陳匀嫻彎腰擦拭兒子眼角的淚水。

「媽媽相信你，可是，媽媽也要弄清楚為什麼 Chris 會這樣說你……」

母子倆心焦地等待著，楊定國一回家，鞋子尚未褪下，陳匀嫻激動地穿越客廳，來到丈夫的眼前，她的眼睛嚴重脹痛，只要眨得太用力，眼淚隨時會滾落。

她一五一十地交代起，從四點她接到梁家綺的電話，到母子倆離開醫院後至今的狀況。

楊定國眉心緊攏，握住妻子的手，低語：「妳保證真的不是培宸做的嗎？」

「老公，我相信我們的兒子，如果是他做的，我看得出來的。你可不可以打一通電話給你老闆，因為梁家綺不接我的電話，我真的要瘋了，到底真相是什麼？會不會是對方自己重心不穩？摔下去的？如果是這樣的話，為什麼 Chris 要說是我們兒子做的……」

「妳先不要那麼緊張，這很可能是誤會。」

「什麼誤會，對方說要告我們。」

一聽到「告」這個字眼，楊定國僵住了，到了這一秒，他才認識到事態的嚴重性。

兩人四目相接時，熟悉的手機鈴聲穿入兩人之間，陳匀嫻踉蹌地跑到手機前，是陳亮穎打來的，一接通，陳匀嫻就聽到陳亮穎的尖喊，她下意識抽開了耳朵跟手機的距離。

「妹，我在新聞上看到妳跟宸宸了！」

「什麼新聞？」

「妳快點打開電視，」陳亮穎指示妹妹轉到相對應的頻道。「那是你們兩個嗎？」

螢幕上出現了一則標題為「愛女重傷，澤大金控總經理夫人失控推人」的快訊，畫面中，即使楊培宸的五官被打上了馬賽克，但從陳匀嫻的身材與穿著，仍足以讓認識的人辨識出他們母子倆。鏡頭一切換，澤大金控總經理林重洋短促地表示：「因為我太太第一時間，看到女兒的頭上被割出一個大傷痕，對方家屬又欠缺道歉的誠意，太太一氣之下……，很抱歉驚動了大家，也請大家體諒做媽媽的，看到小孩受傷成那樣很難不失控……」

看到自己被林帆香的母親奮力一推的畫面，在螢幕上反覆播映，陳勻嫻幾乎要暈厥。

「姊，妳先讓我冷靜一下，我晚點再跟妳解釋。」

陳勻嫻氣脫委頓地軟坐在沙發上，還沒想清楚怎麼跟丈夫解釋，鈴聲再度響起，這一次，是梁家綺打來。陳勻嫻瞪著手機，不敢貿然接起，彷彿一接通就會觸動什麼爆炸的開關，她捧著手機，直直走到楊定國跟前，站定，以眼神示意楊定國按下收聽和擴音鍵，楊定國嚴肅地按下，梁家綺一貫冷靜的聲音鑽入兩人的耳朵。

她幽幽地說：「勻嫻，辛苦妳了。」

楊定國震驚地注視著陳勻嫻，不敢相信自己聽到了什麼。

陳勻嫻發白的臉龐，一口氣變得更加蒼白，她抖著聲反問：「這是什麼意思？」

「之前答應過妳，送培宸去美國夏令營的事，我會做到的。」

「為什麼要現在跟我講這些……」陳勻嫻緊張地大叫。

「勻嫻，真的辛苦妳了，妳放心，我已經派人跟醫生聯絡上了，Chantal 的狀態很穩定，只是可能會留疤，未來要再動個小手術。我會幫妳談好和解的，妳不用緊張，事情都在掌握中。妳好好休息，再幫我安慰一下培宸吧。」

◇

之後，發生了什麼事情，陳匀嫻只能斷斷續續地記憶。

楊定國，爸媽，陳亮穎，楊宜家，都想要從陳匀嫻的身上，套出一些什麼。他們極想知道，陳匀嫻是受到什麼的驅使，才會讓他們母子的處境一步步來到懸崖。

她記得，陳亮穎來了台北一趟，安慰雙眼紅腫的妹妹，陳亮穎在大致理解前因後果後，本想怪罪陳匀嫻的天真，但看到妹妹急速消風的身體，只得把責問的言語硬生生吞嚥下肚。

在破碎的記憶中，她唯獨深深記得跟楊定國的爭執，那場景不僅發生在當下，日後也在腦海中重映了數回。楊定國幾近歇斯底里地對著她大吼，說她是被利慾薰心、蒙蔽了雙眼。

甚至，楊定國還從儲藏室裡翻出那個包，在她面前晃了晃，一臉嘲諷憤恨地問：「是因為這個嗎？是因為妳想要得到更多、更貴的名牌包，才會答應梁家綺，讓兒子去頂罪嗎？妳要的話，妳跟我說啊，我今天去跟人家下跪借錢，也會把包買給妳的……」

陳匀嫻死命地搖頭，淚流滿面：「不要把我說得這麼難聽，我沒有要兒子去頂罪。」

「我說的是實話！我不懂，人家叫妳做什麼，妳就做什麼？那人家叫妳把兒子賣掉，妳就乖乖地把兒子賣掉嗎？」楊定國朝著妻子咆哮，臉上青筋明顯地搏動著。

「你不要這樣汙衊我！」陳匀嫻雙目猩紅地大喊。

「妳現在做的事情，跟把兒子賣掉有什麼兩樣！我把兒子的事交給妳管，妳自己看看，」楊定國以即使鄰人聽得一清二楚也不在意的音量吼道：「看看妳管成什麼樣子！」

「對，問題就在於，為什麼小孩的事只有我在管！你也不要裝無辜，你說我利慾薰心，還不是因為你爸隨隨便便就輸掉一棟房子，他有為他的兒子、我們的兒子想過嗎？」

「好啊，妳終於說出口了，我問過妳怪不怪我爸，每次妳都說沒有，妳明明就有！妳以為我是白癡嗎？我難道會笨到不知道，妳從來沒有真正放下？不然為什麼這幾年，妳問我任何意見，我永遠都說，妳開心就好？因為我就是知道，妳後悔了。」

楊定國以一種輕蔑的眼神注視著妻子，陳匀嫻從未在那張臉上見識過這號表情。

「你在說什麼？我要後悔什麼？」陳匀嫻不自覺地也拔高音量。

「別裝傻了，妳知道我的意思。每一次我跟妳說不要這麼愛慕虛榮、人家說什麼就信什麼，妳只會覺得是我太散漫，不像妳，為了這個家用心設想。我之前不跟妳辯，就是怕妳會拿房子的事大做文章。反正妳現在都提了，那我問妳，妳認為我家辜負了妳，好啊，妳行，妳自己來，事情有變更好嗎？我們兒子為什麼沒有飛上枝頭變鳳凰，反而上了新聞？妳告訴我這幾天電視重播了多少次？還有那些該死的談話節目，一堆名嘴借題發揮，說什麼私立小學也有霸凌問題，他媽的我兒子為什麼要當替死鬼？現在，我跟兒子是不是要跪下來，感謝妳這麼會當媽媽，很會為兒子想？妳幹嘛不說話，現在換妳說話了啊——」

在父親的影響下，楊培宸有很長一段時光，不去學校，把自己反鎖在房間內，也不願意跟母親親密地接觸；他也信了，母親當天把自己帶到醫院去，是受到 Chris 母親的指示，兩人說好了，由他頂罪，好讓 Chris 不必出面。他轉而向楊定國表達自己的感受，包括想吃的食物，包括他對於 Chris 長期累積的不舒服。若他是以哭泣來作為宣洩的方式，陳勻嫻心底還會好過一些，但楊培宸卻像是把所有的情緒深埋在心裡，那雙大眼裡找不到過往的溫度與信心，只剩下對於他人的提防與疑懼。這裡的他人，可能也包括陳勻嫻。

◇

楊培宸請假到了第五天，張沛恩說，林帆香回去上課了，頭上的傷痕癒合得很好，理想的話，也許連疤都不會留下。這消息讓陳勻嫻卸下了胸口的重擔，轉而介意另一件事：梁家綺這幾日始終閃躲著她的訊息，不接電話，也不回訊息。然而，而林家似乎也沒有要找楊培宸算帳的意思，陳勻嫻提心吊膽地等著林家的電話，到最後，她幾乎要出現鈴聲的幻覺。莫非梁家綺自己把事情給「壓下」了嗎？她忖度著，是否該由她來主動聯絡林家，可惜她手上並沒有證據，說明林帆香的事情與培宸沒有關係。她更怕再次搭上線，反而讓林家再次認定培宸是主事者。陳勻嫻思來想去，只能被動等候，時間的流經宛如淩遲。

第七天，陳勻嫻接到一則匿名訊息。

上頭寫道：「美兒愛事件又重演了，我知道妳兒子是無辜的。」

陌生人附上一個連結，陳勻嫻點進去，是張郁柔在兩年前寫的那則新聞。

陌生人又傳了一句：「這位記者也許知道些什麼。」

這則訊息看似不善，卻給陳勻嫻帶來一絲活水。她告訴自己，雖然尚未釐清發送這則訊息的人的立場，但她至少可以起身做些什麼，而不是在家中頹廢地凋零。

跟張郁柔提出邀約前，陳勻嫻苦惱了很久。她不是第一天認識張郁柔，自己現在這副模樣，絕對不是張郁柔樂見的模樣。為了兒子的未來而落了話柄在別人手上，為了家庭而失去了工作。如今，又為了自己搞砸的種種而求助於失聯的故人。出乎意料的是，張郁柔很爽快地答應了邀約，也沒有問「怎麼了」，自然得像是兩人上一次分別時，是在好聚好散的前提下。

陳勻嫻推門而入時，張郁柔已經入座了，她正在閱讀一本雜誌，心無旁鶩得沒聽到陳勻嫻的腳步聲，陳勻嫻在她面前放下包包，輕輕打聲招呼，旋即到櫃台點了飲料跟甜點。

「我得先想一下怎麼跟妳說……」

陳勻嫻哽咽地從那場如夢似幻的生日派對說起。張郁柔沒有打斷她，在聽到「梁家綺」三個字時，蹙起眉，皺了皺鼻子。陳勻嫻沒有錯過這個小動作，在前來跟張郁柔會面的途中，她還想著，不要讓張郁柔介入太多，沒想到，當她一開口，她才徹底懂了，自己無法多壓抑一秒鐘。不找個人或者什麼地方，把這些過程、對白、白日的沾沾自喜、午夜的掙扎與懊悔，全部、通通、都給塞進去，她會瘋掉。她像是嘔吐般，嘩啦啦地吐出來龍去脈。

正當服務生端上如水的表面張力般溫柔鼓起的厚鬆餅時，眼淚跟鼻涕各自從陳勻嫻的身體孔隙流出，張郁柔沒有讓服務生為難太久，她平靜地伸手越過桌子，接過了托盤。

「對不起，我憋太久了，跟妳倒了這麼多垃圾。」

「妳可以找到是誰傳那則訊息的嗎？」

「可能要一個一個過濾，我們的電話有在通訊錄裡，我只有把握是和班的家長。」

「妳可以去探聽一下，班上有誰的小孩，在美兒愛讀幼稚園。」

「先前在美兒愛，到底發生了什麼事？」

「我一開始調查美兒愛，是因為接獲檢舉，說這所幼稚園違法招生。美兒愛是短期補習班，不能招收學齡前的兒童全天上課，可是在我深入了解之後，除了招生的問題以外，他們聘請的外籍老師，有一半以上沒有良民證。不過，這都不是妳有興趣的部分吧？」

陳勻嫻誠實地點了點頭，張郁柔不以為意地聳肩，配合地更換了主題。

「在我接觸了很多美兒愛的家長的過程中，也算是瞎貓碰到死耗子吧，從一個朋友介紹的家長中，聽到了一個八卦。因為當事人一方，是蔡萬德的妻子，多少勾起了我的好奇。」

「妳指的是梁家綺？」

「對，總之，另一個當事者叫李筱容，是給人做臉跟身體保養的，有一間個人工作室，她的丈夫在賣車，老實說，夫妻倆的收入都很普通，他們把小孩送去美兒愛，是因為李筱容的朋友建議她，把小孩送進美兒愛，她可以認識很多上流階層的人，她可以從中尋找客戶。老實說，這個策略是有用的，李筱容把兒子送進美兒愛以後，確實有一些媽媽成了她的客戶，也跟她買了幾十萬的法國沙龍保養品。李筱容能言善道，又願意傾聽，很多媽媽不知不覺，跟她成為很好的朋友，其中包括梁家綺，那時候，蔡萬德被爆出在外跟前女友另築愛巢，梁家綺很失落，她很常帶著兒子去李筱容的工作室談心……」

「等等，她丈夫在外跟前女友另築愛巢？」

「對，這新聞被壓下來了，可是基本上蔡萬德的親信，包括他的父母都知道蔡萬德有兩個家庭，那個女生也生下一個小孩了，只跟蔡萬德的大兒子差兩歲。回到李筱容的事情上，梁家綺這個女人，怎麼說呢，我覺得她是很自卑的，她老公養小三的事情，圈子內的人多少都有耳聞，所以她很依賴李筱容這個圈外人。李筱容也時常讓兩人的兒子玩在一塊。老師知道這兩個小孩感情很好，座位時常排在一塊。」

反胃的感覺隱隱扭絞，陳勻嫻越聽越不舒服。

這故事既視感太重。

「後來，不知道怎麼搞的，總之……有一天，班上一個小女生的相機不見了，那台是小女生的生日禮物，她急得要命，老師說要搜書包……」

「小孩子帶相機去學校？」陳勻嫻打斷了張郁柔。

「似乎是給小孩專用的兒童相機，一台兩、三千，跟一般的相機不太一樣。這不是重點，重點是妳猜猜看，最後在誰的書包裡找到了這台相機？」

「李筱容的兒子的書包裡？」

「對，可是他說他沒有偷，是蔡萬德的兒子放進去的。老實說，到底是誰偷的，羅生門，沒有人知道真相，可是李筱容的兒子在班上開始被霸凌……妳猜是誰帶頭的？」

「那個東西被偷的女生？」

「匀嫻，怪不得妳會被騙，妳看事情的角度太簡單了。答案是蔡萬德的兒子。」張郁柔挑眉，露出微妙的笑容：「沒多久，李筱容的兒子就轉走了，再過一陣子，李筱容的工作室關了。」

◇

跟張郁柔道別後，陳匀嫻送出了訊息。

「妳是誰？」

她以為自己不會再得到任何線索。

她估錯了，十分鐘後，她就要放棄，那組號碼竟發出了第二道訊息。

「妳想幫妳的兒子嗎？」

「怎麼幫？妳到底是誰？」

再度失聯。陳勻嫻打了好幾通電話，又傳了數封訊息，您撥的電話沒有回應。她頹然地走回家，這時，一個想法竄入她的腦海，陳勻嫻快速打開筆電，在信箱中搜尋和班通訊錄，即使機率多麼微小，她也想要試試看。她找到那個人的手機，沒有猶豫地一口氣輸入十個號碼，響了十一聲，電話接通了，還沒有得到隻字半語前，陳勻嫻先發制人。

「抱歉，在假日還打給妳。請問，妳知道 Chris 在美兒愛的過去嗎？」

接起電話的那個女人，安靜了好幾秒，雖只是幾秒，竟有無限延伸的錯覺。

「不如這樣好了，我們一次把這件事給做個了結吧。妳現在方便嗎？我不太方便抽身，妳來我家找我可以嗎？我把地址給妳，妳搭計程車來，我會請人在樓下等。」

「好，我馬上過去。」陳勻嫻以左肩夾著手機，勻出右手寫下地址。

等在樓下的秘書，幫陳勻嫻付清了車費。陳勻嫻抬起頭，看了看這棟高達三十一樓的大廈。這個建案十分知名，只有兩種房型，九十坪跟一百六十坪。她跟著秘書進了大廳，左右兩側夾道排列著玻璃櫃，裡頭的藝術品在燈光的映射下，顯得非常名貴。一名綁著包包頭的社區助理看到陳勻嫻，從櫃檯小跑步衝出來，秘書跟助理點了點頭，走過去附在耳邊說了幾句，助理腆著臉，好，好，那我知道了，又跑回櫃檯就定位。陳勻嫻跟著秘書走，大廳後是社區的中庭，巨大的水池裡植滿了水生植物，水從獅頭狀的噴水孔汩汩地湧出，池邊是圍欄，花葉造型溫柔地包裹著，上頭還有兩隻栩栩如生的青蛙，黃銅的材質則讓整體的造景增添了一份古香。秘書走進一個房間，俐落地打開燈與空調，微微屈身致意，請在這裡等一下。

陳勻嫻沒有等多久，那個人就出現了。她的手裡托著小包跟一串看起來頗為沉重的鑰匙。

「抱歉，因為 Jonathan 好像有點在發燒，我不方便出門。」

汪宜芬理了理裙擺才坐下，高聲喊：「Carol，幫我們弄些喝的吧。」

「妳想喝冷的還是熱的？」

「都可以。」

「妳喝咖啡會睡不著嗎？」

「不會。」

「那兩杯咖啡。」

秘書匆匆忙忙地移動至隔壁的空間，那裡有吧檯、咖啡機，跟美式雙門冰箱。

「我先跟妳澄清一件事，避免妳的誤會，我不是傳簡訊給妳的人。可是，我也不是那麼地置身事外，傳簡訊給妳的人，多少是想幫我助陣吧。我也沒想到她會做出這樣的事，如果嚇到妳，對妳造成困擾，我代替她跟妳 say sorry。然後，我很好奇，妳怎麼會猜到跟我有關？」

「因為妳知道班上多數的事情。」

「妳很聰明，妳猜對了，確實有家長告訴我，她的小孩目擊到一**些事情**。」

「什麼事情？」

「這得用交換的。先回答我一個問題，妳有沒有幫梁家綺作弊？」

陳匀嫻深吸了一口氣，沒有回答。

「我很在意兩個小孩的發展，大家都知道。」汪宜芬聳了聳肩，「Jonathan 的姊姊第一個學期就拿到模範生了，我想讓 Jonathan 延續這個傳統。我請導師在每一次段考結束後，把全班所有人的成績 copy 給我。上學期，最後一次段考，我發現一件很詭異的事情，導師給我的版本，跟最後公布的版本……不一樣。」

秘書小心翼翼地放下托盤，擺放好飲料，她回到隔壁的空間，靜候汪宜芬的指示。

「楊培宸跟 Chris 的分數對調了，兩人的座號差這麼多，沒理由搞錯吧……。更不用說，大家都知道 Chris 從幼稚園開始，功課就很差，卻在這次段考進步這麼多？妳覺得呢？」

汪宜芬啜了一小口，氣定神閒地注視著陳匀嫻。

「我不知道發生了什麼事。」

「Jonathan 說，Chris 時常在班上嚷嚷，妳兒子的學費是他家付的。」

「我先生在蔡家底下工作，這算是員工的福利。」

「是這樣子的嗎？可是，導師不是這樣說的哦，導師說，妳也有加入。幫忙老闆的兒子作弊，這也是員工的福利嗎？勻嫻，我在這邊誠心地告訴妳，我很欣賞妳，可是，妳無法應付梁家綺的，這幾天，妳是不是為了林帆香，鬧起家庭革命呢？告訴妳一個祕密，妳丈夫的老闆，在外面可是有另一個幸福和樂的家庭，孩子也上幼稚園了……蔡萬德的心不在她身上，梁家綺基本上只剩下 Chris 這個命根子了，她當然要想辦法保住。」

「妳想說什麼？」

「有目擊者可以作證，人不是妳兒子推的。」

「既然有目擊者，為什麼不出面？」

「為什麼要出面？好處在哪？為了你們得罪梁家綺？換作是妳，會這麼做嗎？」

「那妳們寄簡訊給我，有什麼用？妳們也**不想改變事情**，不是嗎？妳把我叫來，難道只是想要看我在妳面前崩潰，才甘願嗎？妳們明明有證據，卻不肯拿來幫我。」

「妳只說對了一半。我讓妳知道，林帆香確實不是妳兒子推下去的。妳可以拿妳已經掌握了目擊者的消息，去嚇一嚇梁家綺，妳有新的籌碼，不能說我沒有幫妳。」

「跟梁家綺劃清界線吧，妳不用擔心妳老公的職位，梁家綺對於 Ted 沒多少影響力的，除了錢之外，Ted 不會為她犧牲什麼。妳若顧忌錢的事情，我可以幫妳談。我們家沒有蔡家這麼雄厚，但也不差。我的要求只有一個：我不希望班上有人繼續在我的背後搞鬼。」

汪宜芬顯然將自己視為班級秩序的守護者。

陳勻嫻有種自己被什麼給咬住的感覺。汪宜芬把自己的真實情緒給埋在一層又一層的保護之後。她到底知道多少事情？為什麼不乾脆一次丟出，非得要以這種放餌的方式，逼得她節節敗退。

「妳知道這麼多，為什麼不自己去跟梁家綺講，妳們地位是相當的。」

汪宜芬笑了，在一個陳勻嫻並不覺得好笑的時機，她輕輕一笑，以一種看著奇異生物的訝異眼光瞅著陳勻嫻。那種眼神，陳勻嫻瞬間明白了答案。

「妳知道嗎，妳跟梁家綺其實很像。」

汪宜芬眉頭一抬，沒有料到陳勻嫻還有反擊的力氣。

「妳們都把我們這種沒有背景的人，視為棄子，想到的時候就找過來，為自己做事，覺得不好用的時候就心不在焉地拿掉。」

「不過，我還是謝謝妳，至少我確定了，人不是我兒子推的。」

語畢，陳匀嫻不再關心汪宜芬的想法，她起身，當著汪宜芬和秘書吃驚的臉，逕自往社區的大門邁去。臨走前，她又看了一眼這高大輝煌的社區，太瘋狂了，真是太瘋狂了，她曾一股腦兒地以自己處在這個圈內而隱隱自豪，如今才發現，她永遠只是遊客。她進得來，她可以在裡面喝完一杯咖啡或者什麼，可是，她遲早得離開。

陳匀嫻往捷運邁步，到了十字路口時，她停下來等待紅燈。夜晚的風帶著些微的侵略氣息，吹得她頭有些疼，她把雙手插入口袋，迷惘地看著以相反的方向穿過她眼前的人潮，他們走得真快，彷彿對於自己要去的地點擁有十足的自信。而她，到底要往哪裡走去？才不至於縱容錯誤的擴大？回憶如走馬燈播映，一切又回到去年的那場生日派對。

如果沒有發生林帆香的插曲，她是不是會跟梁家綺依舊快樂、親密、無語不談？

陳匀嫻眨眨眼，才發現自己不知不覺流了滿臉的淚。

◇

陳勻嫻把她跟張郁柔、汪宜芬的對話，全數，一點也無保留地告知了楊定國，藉此表明，她確實有部分是無辜的。這也是事發之後，楊定國首度用正眼看她。他說，他要跟 Ted 親自談談，因為他覺得梁家綺的所作所為已經超出了他可以忍受的範圍。要一個七歲的小孩頂罪？讓一個孩子小小年紀就經歷了如此巨大的不公義，何其殘忍。

陳勻嫻同意這是個好點子，但在執行之前，她想要親自跟梁家綺談談。若梁家綺一再拒絕接她電話，那她就去守在社區的門口等她。

她的極端作為，確實給自己爭取來一場精彩的談判。精彩到多年之後，她再度想起時，仍不免懷疑，自己一定是被逼到深淵，才有了這麼盡興的演出。

那日，梁家綺一身家居服出現。

一看到陳勻嫻，梁家綺露出關心的笑容，「勻嫻，妳看起來好蒼白。」

陳匀嫻佩服她，到了這個節骨眼，還不願意放棄臉上的面具。

「我們要在這裡談嗎？」她指了指櫃檯後交叉著雙手的兩名管理員。

「那我們移動到交誼廳吧。幫我登記一下，28A，要使用交誼廳。」

一進入交誼廳，兩人還沒有坐定，陳匀嫻就逕自開口。

她得一鼓作氣，一旦拖長，梁家綺有了充分的準備，陳匀嫻沒有把握自己可以對抗。

「家綺，我想拜託妳一件事。妳明明知道是 Chris 做的。」

「我才不知道。」

「我有目擊者了。」

梁家綺悶不作聲，一縷寒氣滲進了她的眼底。

「目擊者又怎樣，妳敢說出去嗎？」

「家綺，為了培宸，我敢。我兒子上了新聞啊。即使有打馬賽克，可是認識的人，一眼就看得出來是他，他這幾天都請了假，他不曉得怎麼面對同學。」

「妳怎麼會覺得，妳可以跟我用這種語氣說話。匀嫻，妳丈夫是我丈夫的下屬，妳兒子可以進來松仁小學讀書，是我說服 Ted 動用關係才搞定的。」

「可是，這不表示我兒子得替妳兒子頂罪！」

「陳勻嫻，妳到底有沒有聽懂，妳、沒有資格、這樣跟我說話。打從一開始，妳接受了我的邀請，就注定我們之間的關係不可能對等。妳也太過天真了，妳享受了這麼多好處，卻連一點點義務都不想盡嗎？」

梁家綺移動到沙發上，率性地坐下，從下而上地瞪著陳勻嫻。陳勻嫻維持站姿，不敢妄動，梁家綺像是古代的國君，得以坐姿聆聽大臣的稟告。她一臉坦蕩地面對陳勻嫻的興師問罪。

「陳勻嫻，我提醒妳，一個巴掌是拍不響的，事情會變這樣，是我一手促成的嗎？妳現在怎麼好意思一臉受害者的樣子？再說了，我不會虧待妳的。事情過後，除了妳兒子的夏令營費用，我還打算今年妳的生日，送妳高級度假村的招待券，讓你們一家三口放鬆一下啊。」

「家綺，我要的不是這個，我只是、只是……」

話語卡在喉頭，遲遲吐不出去。對啊，她要的到底是什麼呢？她要的是楊培宸進來松仁小學讀書，享受著名人子女的環繞，而她跟楊定國又不必因此承受經濟的磨耗嗎？

「只是什麼？勻嫻，既然我們都把話給說開了，我跟妳說實話吧，我是真的把妳當朋友過。妳背景單純，人又沒什麼心機。現在，我讓妳好好想想，我可以假裝我們沒有這場對話，一切都跟從前一樣。培宸在松仁過得這麼好，妳也不希望他待不下去吧。」

陳勻嫻聽懂的同時，也看清了她所創造的一切。

梁家綺不是她最終該面對的魔王，真正的魔王是她的心魔。**她的貪婪，她對於既有生活的不滿足，她對於另一種生活風格的渴望**。她以為是梁家綺對她拋出了餌食，不，不是這樣的，梁家綺只是看懂了她臉上那不安於現狀的扭曲情緒，並且從善如流地助她一臂之力而已。

「妳說得沒有錯，家綺，妳是真正懂我。我這個人，就是太沒有自知之明了。但是，待會，定國就會打電話給 Ted 了，我們有目擊者，我們有證據，培宸還這麼小，我讓他來松仁，是希望他未來可以過得更幸福快樂，而不是現在就被妳毀掉。我也不曉得妳先生會怎麼做，也許他會跟妳一樣想辦法要我們閉嘴？我不知道 Ted 是否跟妳一樣殘忍，我只能求神保佑了。」

她苦澀地露出微笑，沒有跟梁家綺道別，步伐虛浮地離開了這個曾讓她相信自己無比幸運的摩天大樓。她是《鐵達尼號》中的傑克，以為自己搶在最後一秒鐘，趕上了一場航向美好新大陸的旅程，卻沒有算到船可能會沉，而她位處底層船艙，得率先犧牲。

◇

要說事情有沒有留下後遺症，有，絕對有。好比說，她的人際關係宛如歷經了一次劇烈的風暴，牌組重新淘洗了一次。有些人再也不會與她繼續糾纏，而有些人與她變得更親近，至於她最在意的家庭，暗影浮上了陳勻嫻的眼底。

當楊定國撥通電話，以強自鎮定的語氣解釋了原委，他盡力地想讓 Ted 理解到「真相」，但也不想讓老闆認為他是在興師問罪。只聽到那端蔡萬德悠悠地說：「喔，我明白了，啊——夫人跟培宸這幾天受到驚嚇了吧？」這副漫不經心又胸有成竹的口氣，使得做好萬全準備的楊定國，一時半刻也慌了手腳，事先擬好的稿子，全數卡在喉頭，一個字也出不去。

他以為，老闆會否認到底，誰能預料到，蔡萬德一下子就認了。楊定國沒說話，等於讓蔡萬德繼續把持主導權：「Steven，這都是小事，我知道，上了新聞是有些尷尬，不過人是健忘的，過沒兩、三天，還不是忘得一乾二淨？有誰還會在意這件事？但……」他話鋒一轉，數落起梁家綺的不是，「我知道，你們一家人還是委屈了，這件事，Kat 真的太大驚小怪了，真是的，我也不曉得她在想什麼，直接告訴我，一通電話可以解決的事，林伯伯跟我爸認識都多少年了，卻被她搞到這麼複雜。孩子嘛，還這麼小，成績顧不好，至少要給他正確的價值觀，你說是吧？好了，這件事我會去處理的，你幫我跟夫人轉達一下，嚇到她了，真是不好意思啊。叫夫人跟培宸繼續在松仁小學，安心地就讀下去吧，學費的事別操心，我說負責，就會負責到底的。」

楊定國使用了擴音，陳匀嫻屏氣凝神地聽著，說不上為什麼，在這通電話之前，她對梁家綺一度有了怨恨的心結，但在聽到蔡萬德的說法後，這股恨一點一點消融了。她在很短的時間內，明白了梁家綺事實上多麼寂寞，從蔡萬德的口吻，她可以感受到：蔡萬德並不在乎梁家綺，甚至，對於 Chris 的教養，他也意興闌珊。他只用了處理公事的三成心力，就潦草地想打發掉這件事。

若今天事情發生在蔡萬德的另一個女人身上呢？另一張落淚的臉孔，他也會說是大驚小怪嗎？他是否會端出與此時截然不同的姿態，用更多的柔情與關懷來處理這件事呢？

沒人知道。

後來，在十通電話內，蔡萬德俐落地解決掉了這件事情。很可能包括梁家綺在內，都不曉得蔡萬德是怎麼跟林重洋交手的。總之，沒有後續的追究，沒有駭人的官司，即使是聞到血腥香氣而如鯊群一般鼓譟的媒體，都在眨眼間，消失得無影無蹤。

兩天後，楊定國升職了。

這個消息顯然讓他不知所措了。返家後，他暫時拋下不願跟妻子面對面的立場。

陳勻嫻無言了良久，才淡淡地說：「於理，我想要勸你把握這個機會，這是你老闆欠我們一家人的公道。可是，於情，我也知道你是怎麼想的，你是不是覺得，這個位置好像是以兒子的犧牲換來的？你一旦接受了，就失去了怪我的立場？」

楊定國沒有吭聲，證實了陳勻嫻的推測屬實。

「你相信我，我不會這樣想。我很明白事情的責任在我。」

「我到現在還是不明白，妳那時究竟是怎麼了。」

楊定國打破沉默，首度坦承內心的想法，「我一直跟妳說，我不認為小孩的成績、成就，有那麼重要，可是，妳有辦法承認嗎？有時候跟妳溝通是一件很困難的事情。妳永遠只會說，我不夠在意小孩。妳說的也沒有錯，我不像妳，那麼重視培宸的一舉一動，但那不表示我不在意培宸，我只是覺得，妳都規劃得這麼多了，若我也跟妳一樣，培宸的壓力未免也太大了吧。他就不能鬆一口氣嗎？他還那麼小。」

「既然你都說開了，那我也告訴你，為什麼會變成這樣好了。」陳勻嫻激動到五官歪斜成駭人的模樣，「有一件事，你不覺得很詭異嗎？大家都會說，照顧小孩是夫妻共同的責任，但一討論到怎麼照顧小孩，還是只會去問媽媽。結婚後，你有被問過怎麼安排小孩子的就學嗎？沒有吧，即使有，你也可以回答：噢，我不知道，都我太太在規劃。那我可以跟你一樣，這樣子回答嗎？」

「我在說什麼，妳又在說什麼，事情不要扯這麼遠。」楊定國面露不悅。

「我才沒有把事情扯遠，你問我，當初我究竟是怎麼了？我現在就告訴你，我現在就是在告訴你答案！因為我很不安，我很焦慮，從楊培宸一出生，我莫名其妙多了一堆事情要注意。好多教養專家，好多把小孩子教得聰明又可愛的部落客，好多事業成功又可以兼顧家庭的女人們……」

楊定國打斷了陳勻嫻，「那又怎麼樣，幹嘛跟她們比？」

「你可不可以讓我把話說完。這就是問題所在，你難道不會拿自己跟學長比嗎？你難道不會拿自己跟 Ted 比嗎？**當所有人都在玩同一場遊戲，你怎麼可能說你不想玩**？我想要讓別人覺得我很成功，我可以一邊工作，一邊教養出很優秀的孩子。培宸現在不好、不優秀嗎？你去聽他的口音，我們夫妻倆一輩子都不可能講出這麼完美的英文。你去看培宸現在交的朋友，那些小孩，哪一個背景是普通人？我那麼努力，全心全意安排，有人讚美我、誇獎我嗎？」

陳勻嫻越說越激動，眼淚跟話語齊落：「為什麼要為了梁家綺的自私而責怪我？就算我也有錯，難道不值得被體諒嗎？事情變成這樣，我難道比你不心痛？你可以怪我，可是你捫心自問，這過程中，**除了抱怨我想太多、緊張兮兮以外，你有幫過我嗎**？」

「等一下，我們不是在檢討妳的錯嗎？為什麼又變成檢討我？」

「因為這不是我一個人的錯，這才不只是我一個人的錯。」陳勻嫻蹲下身子，用力摀住胸口，放聲大哭：「你們都笑我蠢，笑我被梁家綺傻傻牽著鼻子走，可是，有誰懂我的不安？誰在意過、理解過我的想法？你問我，媽問我，姊姊問我，連宜家也問我，事情怎麼會變成這樣？我也不知道，我才想問，為什麼事情會變成這樣？我不恨自己嗎？我比所有人都愛培宸，我想要給他我可以給的一切，走到今天這步，我不後悔嗎？我不想要回到過去，阻止這一切發生嗎？不用你怨我，我自己最恨我自己。」

楊定國的手，在凌空中張了又握，握了又張，遲疑了半晌，他終於握住妻子顫抖的肩頭。

「我們扯平了。」

「什麼意思。」

「妳還想待在這個家，我也是。我們都還需要這個家，既然如此，就找個方式，讓我們以後還能好好說話吧。從今天起，我再也不主動提起這件事。」

「怎麼可能，你怎麼可能不提起，這是人性。」

「對，妳說得很好，這是人性，我很可能之後還是會忍不住拿這件事來講妳，可是，我答應了妳，那就表示至少我會克制。同樣地，也請妳答應我，今天起，不要再提我爸之前被騙的事，抱怨也不行。我們就把這兩件事，在今天徹底做個了斷。就這樣吧？」

陳勻嫻眨了眨濕潤的雙眼，以當初點頭的心情，再一次答應了同一個男人。

楊培宸在原本的班級待了下來。林帆香的母親，來了學校一趟，左手拎著鉑金包，右手推了推女兒，在和班同學的見證下，與楊培宸握手言和。代班的廖老師遞上麥克風，發表了一場短講，希望全班同學從此相親相愛，即使有誤會，也能夠像是林帆香與楊培宸一樣，繼續當好朋友。小孩子們懵懂地注視著台上的一切，在廖老師的要求下，即使不清楚究竟是為了什麼，還是用力地拍擊雙掌。然後，如同蔡萬德的預言，時間的作用下，除了陳匀嫻一家人、艾老師，其他人都像是忘了這場風波般。也有可能他們只是轉為竊竊私語，但這都是陳匀嫻無法得知的後話了。

為什麼與艾老師有關？這當然是蔡萬德和林重洋兩個男人討論後的結論。

孩子怎麼可能會有錯，他們還那麼小，那麼直率，為了想要在有限的時間內玩到溜滑梯，做出一些無傷大雅的推擠行為，也是情理的範圍之內。不是小孩子的錯，那會是誰的問題？當然是校方監督不周，為什麼沒有及時發現學生的缺席？又，為什麼沒有人意識到他們提供的遊戲空間並不安全？校方在事發當天火速拆除底座，除了致歉，總務主任也自請調職，但被林帆香的父母挽留了。林重洋說，不想把事情鬧得太複雜，老師離職，意思有到就好了。

就這樣，艾老師離開服務近十年的松仁小學，前來代班的廖老師，據說跟汪宜芬有親戚關係。是巧合？還是有人見縫插針？

除了當事者知情，其他人也只能旁觀者迷了。

◇

Chris 轉學了，他即將前往的學校，遙遠得不可思議：美國。這是一個大膽的決定。梁家綺一走，陳匀嫻也不好意思繼續參與深嵐的組織，儘管王念慈一再挽留，說一口氣走了兩名成員，實在太寂寞了，陳匀嫻想了片刻，還是直白地告訴王念慈，她打算回去工作，她認為自己終歸是個習慣工作的人。王念慈的臉上雖有不解，和難以辨認的些許不滿，但她仍保持風度，沒再過問。

對話結束前，陳匀嫻閃過一個強烈的念頭，來不及壓抑，話語衝出了口中。

「念慈，妳知道為什麼家綺要突然帶著 Chris 去美國讀書嗎？」

王念慈詫異地注視著陳匀嫻：「妳不知道？Kat 沒有跟妳說嗎？」

陳匀嫻難為情地苦笑起來，這抹帶著澀意的笑，似乎勾動了王念慈的情緒，她一個躁進，說出了其實並不打算說出的話：「Kat 她似乎想要放下了，妳懂我在說什麼吧？」

「Chris 可以適應美國的環境嗎？」

「不能適應，也要適應吧。老實說，Chris 的資質也不太能適應台灣的環境吧。」

詫異的人變成陳匀嫻了，原來大家都看在眼底，只是從前不敢講。

既然梁家綺選擇放下這裡的種種，自然也沒有為她顧忌的必要了。

王念慈聳聳肩，不置可否地續道：「我猜，在台灣 Kat 也開心不起來吧，Ted 一下要回家，一下不回家的，我們勸她很久了，簽一簽，錢拿一拿，放手吧。妳們不過那個女人的。不如趁著自己還年輕、漂亮，找一個不輸 Ted 的對象。Kat 就是不要，時間越拖越久，最近，聽說那女人又懷孕了，這一次是男生，Kat 大概被刺激到了吧，她說要去美國進修，帶著 Chris 一起去。沒有人知道 Kat 還有什麼好進修的，要待幾年？她也沒說。」

陳匀嫻看著王念慈的侃侃而談，心中五味雜陳。從過去到現在，王念慈是這樣子想著梁家綺的嗎？她以為，在深嵐裡的所有媽媽們，縱不能相知，至少也是相惜的。沒想到，金字塔的同一層裡頭還是有分類：婚姻幸福的，婚姻不幸福的；孩子資質良秀的，孩子是庸才的。

陳匀嫻冷不防感到悶窒，她竟相信過，自己能夠在這裡找到歸屬。

「Kat 跑到美國，還是在逃避問題，她為什麼就是不面對呢？她又管不動 Ted，她的婆婆，說實在的也跟兒子站同一條線，Kat 哪有人給她撐腰啊？可是，我也不意外她放不下……像我們這種人，爭什麼，不就是爭一個面子嗎？」

「念慈，家綺不在以後，妳跟若蘭，應該會有點孤單吧，深嵐裡，就妳們跟她最好。」

「妳說我跟若蘭嗎？我個人是還好，天下沒有不散的宴席嘛，Kat 想走，我祝福她。至於若蘭……呵，我只能說，我為什麼會知道那個女人又懷孕了？」王念慈挑了挑眉，「妳應該看看蘇若蘭告訴我的時候，那副得了便宜還賣乖的模樣。以前啊，她在深嵐，說話都不敢太大聲，因為她自己很清楚，她家那時候還在風暴圈內，得保持低調。現在風水輪流轉，換 Kat 遇到麻煩了，蘇若蘭這幾天，整個人可神清氣爽了。」

王念慈的聲音越來越模糊，陳勻嫻的思緒已不在眼前這個人身上了。

她以前怎麼會這麼崇拜這些人，想盡辦法想要擠進這個圈子內？她弔詭地湧起一股對梁家綺的思念，人真是一種難以形容的動物，只有人類，會想要同情那些曾經帶給自己毀傷的對象吧？

梁家綺真是她見過最寂寞的女人了，有誰親近她，是出自於對她的純淨友情？

◇

「沒有妳陪我練習中文，好落寞啊。」

張沛恩是陳勻嫻第一個告知她想回去上班的對象。

「沒辦法，這裡的學費真的太貴了。我覺得自己不回去工作，只給我老公負擔全部的支出，心裡面總是有點過不去。我們家也不是底子很厚，再這樣讀下去，等把兒子送去國外，我跟我老公就要淪落台灣的街頭了。哈哈。我也想要繼續當貴婦啊，但人總是要認命嘛。」

陳勻嫻故作輕鬆，在離別前的感傷時刻，想保留自己在張沛恩面前的良好形象。看著張沛恩苦惱的純真模樣，陳勻嫻很想再多談些什麼，可是語言剛滾出嘴巴，隨即被風給吹散。在新聞曝光後，張沛恩是少數對她實際伸出援手的人，當時她提過建議：「雖然我家移民美國很久了，但在台灣多少還是有認識的人，如果妳擔心的話，我可以去問我舅舅有沒有辦法幫忙。」

陳勻嫻婉拒了張沛恩的好意，但她有點感動，自己還是有認識到值得深交的人。要淡出這整個圈子，她最捨不得的，就是張沛恩。

陳勻嫻閉上雙眼，享受著張沛恩喋喋不休，自己什麼也不說的親密感。

汪宜芬釋出過善意，要給陳勻嫻找工作，陳勻嫻婉拒了。汪宜芬也上道，只是曖昧地笑笑：我知道妳有陰霾，沒關係，只要妳一句話，我這邊隨時有管道給妳。

陳勻嫻將自己的履歷放上人力網站，三個月過去，她仍待業家中，她被刷下的理由並不難理解：她的預期薪資跟人事主管心中的數字差距太大。第四個月，一個夏雨綿密的日子，她做了一個大膽的決定，她打了一通電話，給絕對不想再見到她的人：葉德儀。

葉德儀接起電話時，陳勻嫻有些緊張，她以為葉德儀恨她。葉德儀也真的恨她，在理解到陳勻嫻想回去工作的心願後，葉德儀把陳勻嫻給酸了一遍，酸鹼值低得差點腐蝕掉陳勻嫻的信心。

差點，表示沒有。陳勻嫻被拒絕了之後，她又打了第二次、第三次……。換作是更早之前，她決計不會相信，自己有朝一日，可以放下身段，到達如此死纏爛打的地步。葉德儀把她正面辱罵了一次還不過癮，又翻過來，反著諷罵了一回。折騰數回，在陳勻嫻做好長期抗戰的心理準備後，葉德儀反而讓步了。我不會忘記妳是怎麼背叛我的，葉德儀厭厭地說，給妳最後一次機會，是同情妳有小孩要養。可是，我醜話先說在前頭，我不會再像過去那樣，把重要的職務指派給妳了。妳只會是個隨時可以取代的貨色。聽到葉德儀這麼說，陳勻嫻感到很定靜，日子還很長，她可以慢慢面對她跟葉德儀之間的深邃恩怨。見識過最黑暗的風光後，她換上嶄新的目光，去看待她從前的生活。她還是不認為，葉德儀是個好主管，可是她得接受，這是眾多腐爛的蘋果中，勉強可以入口的一顆。

除了葉德儀，她還得處理一件事。

得知來龍去脈之後，陳亮穎很介意，妹妹對她不夠坦誠。

她咕噥了數次：妳為什麼不早一點跟我開口？我可以借妳錢去付學費，妳明明知道，我只有妳一個妹妹，我不幫妳，我還可以幫誰。與葉德儀斡旋之際，陳勻嫻決定也把這胸口中的疙瘩，一次劃開，她想要這麼做，很久很久了。懷有祕密，像是在嘴巴裡含著一顆不大不小的石頭，如果拚命嚥下，就得終生忍受著體內有一樣異物，她辦不到，然而一直含著也令人心焦。

此刻，她終於可以一吐而快。

「因為我以前很嫉妒妳。」

「嫉妒？妳幹嘛嫉妒我？妳比我會讀書，老公又是高學歷的，爸媽又比較寵妳。」

「可是，姊姊的生活過得比我好。」

沒想過要流淚的，但，或許是積壓了太久，淚液一下子就騰出了眼眶。

「我那麼認真地拚命讀書，就是為了可以過好日子，可是姊姊、妳……只是嫁給了一個有錢人，一下子就到了我夢寐以求的地方。我以前無法接受這件事，很不甘心……所以想了很多方法要證明，我可以想辦法讓自己過得更好。」

陳亮穎傾著頭，沒有掩飾臉上的愕意。

「妳知道嗎，我其實也很羨慕妳，因為我覺得妳很會教小孩，不像我，不太會讀書，又沒有住在台北，有時候看到妳在管培宸讀書，我都會想，我帶小孩的方式好像太隨便了，沒有給他們上才藝課，也沒在管他們的英文說得好不好，老師說沒問題，我就沒有多問了。」

「姊，不必羨慕我。就是因為我有這種想法，才會搞到今天這樣子。我太常幫培宸做決定了，沒有想過，這是培宸想要的，還是我希望培宸去想要這些東西。妳現在還可以跟小孩子親來抱去，我呢？不曉得要等多久，培宸才會再信賴我。」

「那妳現在是怎麼想的？還會嫉妒我嗎？」

「不會了，我已經沒力氣去嫉妒、或是羨慕誰。活自己的人生，已經很累了，我不要再去過別人的人生了。」陳匀嫻伸出手，握著姊姊的手腕。

陳亮穎理解了妹妹在示好，她輕扯嘴角，在陳匀嫻的額頭上狠狠彈出一響。

「再也不允許妳嫉妒我了，笨蛋！」

◇

即使重回職場半年，陳匀嫻仍不敢真正地睡熟。睡熟了，她就會被拽回那個醫院裡，而門隨時都有可能開啟，裡頭衝出一個盛怒的女人，噴得她滿臉的鮮血，而在她試圖逃離那個醫院時，會有一道微弱的聲音喊住她，她一轉身，是楊培宸，在畫面中，楊培宸面若白紙，驚恐地喊：媽媽，真的不是我推的。而在楊培宸身後是數十台電視，螢幕停留在不同的畫面，有些播映林帆香母親伸手推人的那個瞬間，有些則是談話性節目的畫面，那些社會觀察專家振振有詞地發表著他們對於校園安全的擔憂。一位面相專家不曉得從哪裡弄到楊培宸的照片，他以筆遮住了雙眼再呈現給觀眾看，語重心長地說，這小孩眉毛粗濃、眉骨又亂，容易有暴力傾向，小鼻子，嘴型不正，嘴角下垂，這通常是不可以信賴的臉，也難怪會做出這種事，我若是林重洋，一定會叫孩子提防這種長相的人……。陳勻嫻屢屢被驚醒，非得用力地抓緊雙臂，讓指甲咬入肉裡的痛覺說服她：只是一場惡夢。可是，另一道聲音會升起，在她耳邊低訴：那也不只是夢。

如今，只要陳勻嫻一親近，楊培宸的身軀即不自覺地僵硬起來。他的怒氣，不是以言語表達，而是以行動呈現。他再也不跟母親索討睡前的晚安吻，也不再像過去會突然地用力抱緊陳勻嫻，只為了汲取他熟悉的香氣與溫度。這些改變，陳勻嫻表面苦笑，心底卻微微滲血。

有一次，她伸出手，想跟從前一樣，牽起孩子那總是比她更加黏熱的小手，楊培宸竟伸出手，用力推開了她，大吼道：不要碰我。陳勻嫻眼睛一黯，怒氣猛地在胸口爆開，她壓著聲音問：我為什麼不能碰你？楊培宸轉過身，那雙又圓又大，像極了她的眼睛，瞪著她，說：我不想要跟妳牽手。陳匀嫻愣在原地，思量了幾秒鐘，想起了那飄散著藥水味的偌大空間。她無助地緊牽著兒子的手，一步步按照梁家綺的指示，踩進原本不屬於他們的厄運。當林帆香母親的言語，好似子彈一顆一顆穿過他們的身軀時，她可有記得停下來看一看兒子的臉？

如果兒子夠懂事，他也許能找到一些詞彙來表達自己的感受，例如陷害、頂罪，或者更長一點的句子：媽媽妳為什麼要陷害我去頂罪？陳匀嫻直直地看著兒子，眨眼間，幾乎要把她給滅頂的怒火如潮水般快速往後捲。她氣消了。她又感到對不起了。她放棄跟楊培宸對峙的念頭，逕自往前行去，而楊培宸不發一語，悄悄地跟上。

楊定國一度想扮演中間的橋樑，他提議由他主動跟孩子解釋，陳匀嫻拒絕了，她告訴丈夫，不要再逼他來迎合我了。楊定國猶豫地反問：縱使妳有錯，還不都是為了他著想？小孩子鬧點脾氣，可以，就是不能爬到父母頭上。陳匀嫻呆呆地望著丈夫，問：那父母不小心爬到小孩子的頭上，把自己的夢想變成小孩的，把自己的痛苦變成小孩的，這筆帳又要怎麼算？父母可以懲罰小孩，那，誰來懲罰做錯事的父母？

那年年底，陳匀嫻的生日，楊培宸還是做了張卡片。陳匀嫻努力展現出成熟的大人姿態，以免嚇壞了兒子新生的善意，她只得輕輕地，像是在對待什麼易碎物似的，闔上卡片，並對那一張期待又怕受傷害的童顏說道：謝謝你做卡片給我，媽媽也很愛你。楊培宸生硬地點了點頭，他靠近母親，又突地停住。還不是時候，他還沒有辦法像過去那樣，如袋鼠般窩進母親的懷裡。陳匀嫻會過意來，她既感傷，又心疼兒子還是放不下委屈。她看了看兩人之間的距離，思索著，這道她親手造成的裂痕，不曉得要經過多久，才有辦法弭平。

◇

兩年後

為了赴跟張郁柔的約，陳匀嫻行經一處社區，她先是認出了圍牆的圖騰，才進一步地想起了這是蔡家的社區外牆。她情不自禁地暫緩腳步，直至她在正中央停下。門禁依舊森嚴，陳匀嫻才一站定，警衛室立即有人出來查詢身分。「不好意思，請問找人嗎？」

陳匀嫻知道她站太久了，又沒有馬上回應，警衛的眼神開始透露出狐疑，她尷尬地笑了笑，回答，「沒事，只是因為有認識的人以前住這裡，所以才看了一下。」

語畢，她轉身闊步前行，而回憶從身後一步一步跟上。

風暴平息後，陳匀嫻屢屢想著，是否要聯絡梁家綺。她想讓她知道，我恨過妳，可是若少了妳，我又哪能意識到自己曾費心挖掘，視為奇珍的寶物，其實都不值一哂。時間久去，她甚至可以祝福梁家綺，離開這個讓妳、我都不得不變形的環境，選擇一個無人聞問的城市，重新建立起跟 Chris 好好相處的模式吧。陳勻嫻模擬了非常久，每一次都要按下送出鍵，又硬生生打住，有必要嗎？梁家綺會讀嗎？不會吧。她離開台灣，不正如王念慈所料想的，是為了逃避這盤根錯節又千瘡百孔的人際關係？既然如此，她試圖跟梁家綺對話的念頭，滿足了誰？她只是想確認梁家綺受到懲罰了沒嗎？陳勻嫻掙扎了許久，好不容易放棄了。

◇

前幾天，她受邀出席松仁小學為了母親節而舉辦的活動。說來諷刺，獎勵母親辛勞的活動，理應所有母親都參與，哪個母親不辛勞？哪個母親不值得獎勵？陳勻嫻到了會場，才發現到一個班級僅由三位母親代表，她看到了汪宜芬。

汪宜芬朝她點了點頭，淡淡道了句，先恭喜妳兒子，這一次考試第一名。

陳勻嫻的心一緊，沒錯，楊培宸在學業上的表現越來越好了，廖老師屢屢誇讚兒子的秀異。楊培宸以一種孩童罕見的狠勁在習字跟算術，握筆的手勢好用力，筆跡滲到第二張紙上。陳勻嫻不敢問兒子，你為什麼那麼在意成績？她怕答案是她無法承受的。也許兒子在松仁依舊沒有安全感，那件事還困擾著他，也可能楊培宸只是單純享受著那種因為成績突出而得到老師特別關愛的殊榮，太多可能性了。

她虛應了一下汪宜芬，勉強提起精神想，一個班級只取三個，為什麼是她？也許答案已從汪宜芬的口中宣逸而出。找班上第一名的母親，最能令眾人服氣。若循此理，為什麼汪宜芬可以出線？Jonathan 並不是前三名。陳勻嫻心思又亂了。真可怕，這裡頭磁場不尋常，她離開了這麼久，一踏進，又熟練地鑽牛角尖。她走向後台，想找一張椅子坐下，在上台之前，她再也不要跟誰搭話了。

沒想到，甫坐定，一個纖細如雀的身影也在她旁邊落座。陳勻嫻一瞬間失了神——是蘇若蘭。

蘇若蘭也是受表揚的母親，真有趣。她怎麼辦到的？

「好久不見啊。」蘇若蘭先起了頭。「妳也真無情！就再也不來深嵐了。」

蘇若蘭凝視著陳勻嫻，一種似笑非笑的奇異眼神。

陳勻嫻覺得自己的內在，一下子縮小了。

「嗯、對啊。想了想我好像還是比較適合工作……」

「不是因為妳對不起 Kat 嗎？」

蘇若蘭依舊眼目水汪，陳勻嫻一震，險險以為是葉德儀坐在自己眼前。

「我哪裡對不起她了？」

「當年妳為什麼要去跟 Ted 告狀？」

「我沒有跟 Ted 告狀。」陳勻嫻下意識地否認。

「哦，是這樣子嗎？為什麼我聽到的，不是這麼一回事。我聽說，有人忘恩負義，明明小孩子讀書的錢，是朋友出的，可是一出事的時候，也是讓朋友去頂……」

「妳說這些話想幹嘛？」

「我沒有要幹嘛，我只是覺得 Kat 很可憐。她對妳，比對我還要好，可是她換到了什麼？妳根本不曉得自己到底做了什麼事！」蘇若蘭語氣一偏，變得冰冷：「妳不知道吧，最近 Ted 提離婚了，可憐的 Kat，得不到丈夫的愛，蔡家又不支持，她怎麼回得了台灣？這幾天，消息放出來，她只能繼續躲在美國了。這一切，妳不覺得妳要負責嗎？」

「我為什麼要負責？」

「因為妳辜負了 Kat，Kat 說她恨妳。」

蘇若蘭撤開身子，好整以暇地打量陳勻嫻刷白的臉。

「即使沒有我，她跟 Ted 難道就不會離婚？」一股悲憤驟然而升，撐起陳勻嫻頹軟的心志：「家綺恨我的話，她大可以自己告訴我，美國沒那麼遠，一通電話，一則訊息，她想怎麼罵，就怎麼罵。她都沒有說話了，妳在這邊說這些，是在幫誰出頭，幫她，還是幫妳自己？」

「我為什麼要幫自己？這件事跟我沒有關係！」

「怎麼會跟妳沒有關係？王念慈有說話嗎？深嵐的其他人有說話嗎？為什麼只有妳在這對著我罵？家綺去美國了，妳看清楚，她放棄這裡了。還在這邊玩著排擠別人、歡迎別人、讚美別人、批評別人的人，只剩下妳了，蘇若蘭。妳以為家綺真的在意妳？別自欺欺人了。妳真該聽一聽她**私底下**是怎麼說妳的。不過，別問我，我不想再介入**妳們**這些人的是非了。」

陳匀嫻看了蘇若蘭一眼，眼中帶著她自己也無法理解的同情。

優越感騰騰升起，一種無所不能的絕佳感受在不遠處召喚著她，陳匀嫻再一次，看見了自己的慾望：把別人給狠狠地踩在腳下來證明自己的高度。她沒吸過毒，但她忖度這兩者品嚐起來極為相似。她知道她不會再回到她們之中，或者，這麼說好了，從頭到尾都沒有所謂的**她們**，這是一場集體的幻覺，相知相惜的虛假糖衣下，包藏著沒有意義的競爭。即使是看似如魚得水的汪宜芬好了，也很可能在一個失眠的夜晚，忌憚起溺斃的可能。

看看蘇若蘭那張梗塞的臉，陳匀嫻怎麼可能不快樂？

從比賽中的選手退居成買票進場的群眾，少了得分的可能，卻能換來痛罵選手的爽快。這就是她在做的事情。

她起了身，不等蘇若蘭搭話，逕自走去。

上台的時候差不多到了。

說也奇怪，經過跟蘇若蘭的對話，陳匀嫻相信自己能夠徹底地放下了。梁家綺恨她，或是自覺負欠於她，她都不會再視若緊要。像是她自己說出口的話，梁家綺放棄了這裡，她又何必執著。倒是蘇若蘭那張破碎的臉，教她又憐又喜。狠踩還不死的動物，總是特別可怕，蘇若蘭日後勢必不敢再來踩她。她也再一次認識到，她的內心還是有些甩不掉的暗處，如此醜陋，又完全屬於她。她實在迷戀用別人的不幸來餵養自己的心情。

◇

預計會提早抵達的，被自己這樣一耽擱，竟要遲到了。過沒多久張郁柔應該會打電話來，詢問她人在哪裡了。說到張郁柔，她近日遇到一位正直的對象，似乎動了成婚的願想，待會碰面，張郁柔理應會交代更多兩人交往的細節。想到自己還可以跟張郁柔說這些體己話，陳勻嫻心頭一熱，她也許有著不幸，但在某些層面上，她實在是太幸運了些。她停下腳步，回頭一望那棟稍具歐洲古典宮廷風格的建物。曾經，她走進去，見證了充滿柔軟香氣的客廳，柔和的燈光，平滑得像是剛整過的滑雪場的草莓鮮奶油蛋糕，看起來不能再更快樂的孩子們，以及，最重要的元素——那名看起來無懈可擊的女人。曾讓她心醉且酩酊的一切，傾圮，都傾圮了，但，即使殘磚碎瓦，如今拾掇起來，依舊擁有讓她目眩神迷的質地。她不能自欺欺人地說，再來一次，她絕對不會上鉤。她心底很雪亮，她的心中還是有個不饜足的黑洞。

培宸，那麼優秀，那麼良異。廖老師曾略略浮誇地說：媽媽是第一志願的，James 只要穩穩地走下去，日後也能成為妳的學弟呀。那時，詹雅琴也在旁邊，陳勻嫻想了一下，才認出是汪宜芬的跟屁蟲。詹雅琴殷勤地說：James 隨便考都是第一名，讀台大也是可惜，應該要鼓勵他去美國，拚常春藤盟校，日後留在美國發展啊！可惜我兒子對讀書沒興趣，要是 Sean 跟 James 一樣優秀，我早就幫他規劃好了。

陳勻嫻抿嘴淺笑，沒做正面回覆，心中莫名地又給穿了一個孔，新的膨大慾望又飛快地鑽了進去。即使知道兒子甚至未滿十歲，心思卻給勾拉到迢遠的未來：在父母始終沒踏上的美洲大陸上，令人妒羨的完美工作，中產階級的社區，也許還娶了一個金髮碧眼的姑娘，孩子當然一落地就是美國籍。而她，陳勻嫻，則在台灣與美國兩地間折返，每一次回台灣，埋怨搭飛機的折騰，偷渡著衣錦還鄉的驕傲。她很清楚，這些幻想，說出來又要被責罵，至少張郁柔就無法忍耐。這究竟是本性難移？還是不知悔改？陳勻嫻也說不上來。

偶爾，想著自己，想著楊宜家，想著梁家綺，陳勻嫻可以辨認出她體內還住著一個小女孩，想要成為別人，成為那些可以閃閃發亮的人，過著衣香鬢影的金貴人生。而這個小女孩，在遇見楊培宸以後，產生了極大認同，想讓楊培宸牽起自己的手，攀上高峰，體驗高處不勝寒那半窒息半狂喜的迷醉。擁有孩子的人啊，誰可以大聲自清，不曾暗暗地掂量，有朝一日，讓孩子推開沉沉的階級大門，讓自己可以一窺堂奧？誰可以擔保，從沒有在孩子身上，看見自己未竟的夢想？說得更含蓄一點，生兒育女，難道連「青出於藍，更勝於藍」，這點無傷大雅的微小快樂都不能有？

她不再逗留，繼續前進，她走得很快，越走越快，到最後，陳勻嫻甚至奔跑了起來。

鏡小說 005

上流兒童

作者：吳曉樂
故事協力開發：段子薇
責任編輯：李佩璇
責任企劃：劉凱瑛
美術設計：朱疋
校　對：渣渣

主編：李佩璇
總編輯：董成瑜
發行人：裴偉

出版：鏡文學股份有限公司
114066 台北市內湖區堤頂大道一段 365 號 7 樓
電話：02-6633-3500
傳真：02-6633-3544
讀者服務信箱：MF.Publication@mirrorfiction.com

總經銷：大和書報圖書股份有限公司
242 新北市新莊區五工五路 2 號
電話：02-8900-2588
傳真：02-2299-7900

內頁排版：宸遠彩藝有限公司
印刷：漾格科技股份有限公司
出版日期：2018 年 7 月初版一刷
　　2022 年 9 月初版十刷
ISBN：978-986-95456-5-5
定價：320 元

本書由段子薇女士協力開發，
田野調查、真實素材則由黃夕芬女士等多位人士熱心提供，
鏡文學在此一併感謝。

國家圖書館出版品預行編目 (CIP) 資料

上流兒童 / 吳曉樂著 -- 初版 . --
台北市 : 鏡文學 , 2018.07
280 面 ; 14.8×21 公分 . -- (鏡小說 ; 5)
ISBN 978-986-95456-5-5 (平裝)

857.7　　107011084